HYPER HÉROS

Ouvrage dirigé par Florence Pierron-Boursot
Conception et réalisation graphiques : Emmanuel Pinchon

34-36, rue La Pérouse
75116 - Paris
www.hugopublishing.fr

ISBN : 9782755663709
Dépôt légal : janvier 2023
Imprimé par CPI

YOHAN PEREZ
CAMILLE SALOMON

HYPER HÉROS

Hugo Doc

Aux deux héros de ma vie : Haya-Sarah et Ethan.
Yohan Perez

Pour ma maman, l'héroïne de mes champs de bataille.
Pour Samir, Ziad et Zohir,
pour le Maroc, pour leur amour.
Camille Salomon

AVERTISSEMENT

Le livre que vous tenez entre vos mains peut vous paraître semblable à de nombreux ouvrages déjà lus. Au bout de quelques pages, vous pénétrerez au cœur de l'attentat de l'Hyper Cacher, au plus près du terroriste. Tous les faits et tous les personnages qui apparaissent dans ce livre ne sont pas sortis de notre imagination. Ils existent, ils sont réels et, pour certains personnages, ils y ont laissé leur vie…

Nous avons changé le nom de notre héros, pour des raisons évidentes de sécurité.

Hyper Héros raconte l'enquête, à travers un témoignage inédit, des 4 heures 04 de cette prise d'otage, sans censure, avec les moindres détails, au risque, peut-être, de heurter votre sensibilité.

PARTIE 1

– Pourquoi vous êtes là ?
– Je suis là parce que l'État français a attaqué l'État islamique.
– Vous avez reçu des instructions ?
– Oui.
– De qui ?
– De la part du calife.

Échange entre un journaliste de BFM TV et Amedy Coulibaly, retransmis lors du procès des attentats de janvier 2015

VINCENNES

– Vous êtes de quelle origine ?
– Juive.
– Vous savez pourquoi je suis là, alors. *Allah Akbar !*

PROLOGUE

Y. HATTAB

Vincennes, 9 janvier 2015, 12h30

Cela fait déjà trente minutes que la matinée de travail de Yoav est terminée. Le sourire aux lèvres, il déambule dans les couloirs de son entreprise, une société de commerce international. Il mesure sa chance d'y réaliser son BTS. Il salue ses référents en passant devant les différentes salles, pressé de rejoindre son petit appartement.

Quand il y pense, il est vraiment chanceux que le directeur ait accepté de lui aménager un espace de vie au sein même de cette entreprise. Dans sa poche, son téléphone sonne, il l'attrape, presse le pas et décroche alors même qu'il tourne la clé dans la serrure de son chez-lui.

– Allô ?

– Salut, cousin ! Toujours OK pour ce soir ?

– Bien sûr, compte sur moi ! Odia sera là aussi ?

– Évidemment qu'elle sera des nôtres !

– Tu veux que j'apporte quelque chose, du vin peut-être ?

– D'ac, on fait comme ça ! 19h ?

– Oui, je termine à 18h, le temps de me doucher et d'arriver !

– Super ! J'ai hâte de te voir !

Yoav raccroche, son grand sourire s'épanouit sur son visage juvénile. Ce soir, c'est shabbat, le temps s'arrête. Son mobile et sa tête se mettront en mode déconnexion. Il lui tarde de retrouver ses cousins et sa jeune sœur, Odia.

12h40

Il a une bonne heure devant lui, donc assez de temps pour aller acheter du vin et peut-être même un sandwich. Comme ça, aucun risque de se mettre en retard. Le magasin cacher sera probablement pris d'assaut en fin de journée. Il se passe un peu d'eau sur le visage et une main dans les fins cheveux noirs qui lui tombent devant les yeux. Enfin, il rajuste son blouson, prêt à affronter le froid mordant de l'extérieur.

À peine cinq minutes de marche le séparent du magasin. Il quitte son appartement et longe tranquillement l'avenue du Général-de-Gaulle. Comme d'habitude, la circulation est dense, les automobilistes font grise mine derrière leur volant, les autres piétons marchent à vive allure, espérant échapper aux rudes températures et à l'humidité glaçante. Pourtant, Yoav ne se départ pas de sa joie de vivre. Il songe à la soirée qui l'attend, se raccroche à ses rêves, comme celui de visiter Chypre ou Malte. Cela lui réchauffe le cœur et l'aide à affronter le gel du mois de janvier. Il hésite encore sur la destination de ses prochaines vacances. Le soleil de Tunis lui manque aussi, tout comme les soirées foot dans les cafés avec ses frères et ses amis, une glace à la main, à profiter de la chaleur et du bonheur d'être bien entouré.

12h42

Il tourne à gauche, suit la D120, faisant fi du bruit des moteurs, des klaxons. Il ressent une grande de fierté lorsqu'il pense à sa famille : sa sœur, Odia, suit ses traces à Paris ; ses frères mènent tranquillement leur route ; son père, Benyamin

Hattab, est un rabbin respecté de Tunis et fait la fierté de ses proches. Lui, il espère travailler dans les relations internationales, le commerce peut-être. Il aimerait mener sa vie entre Paris et Tunis, et pourquoi ne pas créer son entreprise ? La vie semble lui ouvrir grand ses bras, il a l'impression de n'avoir que l'embarras du choix. Il se sent béni, tout comme ses proches semblent l'être.

12h43

Il prend à droite, avenue de la Porte de Vincennes, et continue le long de la rue du Commandant-L'Herminier. Le ciel s'alourdit, chargé de menaces… mais Yoav n'y prête pas attention. Il avance fièrement, la tête haute et les yeux rieurs. Il compte les heures qui précèdent sa déconnexion parfaite avec le reste du monde.

La soirée va être mémorable, songe-t-il. Sa famille, sa chère petite sœur, des rires autour de la table, une harmonie parfaite. Il lui tarde d'avoir ses parents au téléphone, pour leur souhaiter, comme d'habitude, un très bon shabbat et pour avoir des nouvelles du pays.

12h44

Il tourne à gauche et aperçoit l'enseigne bleue un peu plus loin. Il accélère, pressé d'échapper au froid infernal et de se réchauffer au sein de l'Hyper Cacher.

En pénétrant dans le magasin, il est accueilli avec le sourire chaleureux de Zarie, la caissière qu'il trouve si jolie…

– Salut, Yoav ! s'exclame Lassana.

Yoav s'éloigne vers le rayon des vins, s'attarde sur les étiquettes, ne sachant pas lequel choisir. Il préfère prendre son temps et jeter son dévolu sur la bouteille qui fera l'unanimité durant cette soirée, celle qui permettra de rendre ce moment si mémorable.

Yoav Hattab, 21 ans, célibataire
Né le 18 avril 1993
Décédé le 9 janvier 2015

Victime d'un acte terroriste.

P. BRAHAM

Quelque part en Seine-Saint-Denis
9 janvier 2015, midi

La cuillère levée, Philippe se concentre, prend une grande inspiration et s'apprête à imiter le seul bruit capable de faire ouvrir la bouche de son enfant :

– Tchouuu tchouuu ! s'exclame-t-il alors, tandis que battent les petites mains joyeuses devant lui.

L'enfant ouvre grand la bouche, les yeux ébahis, et la cuillère débordante de purée s'élance alors, survolant des montagnes russes invisibles, avant de se loger au cœur des petites joues gloutonnes.

L'enfant avale, sourit et en redemande.

– Tu penses qu'on a bien fait de mettre les enfants à l'école aujourd'hui ? lâche sa femme dans un souffle.

– Mais oui, ne t'inquiète pas, ils vont l'attraper, ce petit con. Personne ne reste impuni en ce monde.

Sa femme lui sourit, même s'il ne le voit pas, trop occupé à assurer le spectacle devant les grands yeux noirs et innocents qui lui font face.

La veille, un fou a assassiné une policière à quelques mètres à peine d'une école.

Clarissa Jean-Philippe, née le 1er septembre 1988, décédée d'une balle dans le dos le 8 janvier 2015 d'un acte terroriste. À 26 ans seulement.

Avec Valérie, Philippe en a beaucoup discuté, ils espèrent un jour gagner Israël, faire leur alya[1], un rêve qu'ils chérissent depuis longtemps. Jamais la situation en France ne leur a semblé aussi anxiogène et propice à un départ. Mais des rêves, ils en ont d'autres. Philippe vient de lancer son agence d'assurances vie et répond à une vraie demande. Pas question de repartir de zéro pour l'instant. Sa femme, elle, rêve de passer son concours de professeur des écoles.

Ils viennent d'amorcer de grands changements dans leur vie et ils ont hâte de voir aboutir ces rêves-là, montrant ainsi à leurs trois enfants que la détermination et la passion peuvent être les moteurs essentiels d'une vie personnelle et professionnelle épanouie.

– À quelle heure viennent-ils dîner déjà ce soir ? redemande Philippe, un peu tête en l'air, qui a un instant oublié qu'ils avaient des invités pour shabbat.

– À 18h, je te l'ai dit au moins une dizaine de fois ! s'amuse Valérie, le cœur débordant d'amour.

L'ultime cuillerée, les dernières montagnes russes et Philippe se lève, embrassant les cheveux fins de son dernier né, se gorgeant ainsi des effluves du savon et de l'enfance.

– Je file acheter deux ou trois bricoles.

– D'accord, reviens vite !

– Promis !

---

1 Acte d'immigration en terre d'Israël par un Juif. Les immigrants juifs sont appelés « *Olim* ».

Valérie le rejoint dans l'entrée et lui donne un dernier baiser.

Il attrape les clés de sa voiture, sourit en songeant aux réflexions moqueuses de ses amis.

Philippe n'est pas sportif et ne nourrit guère l'envie de le devenir. Plus vite il sera parti, plus vite il sera rentré. Pour une fois qu'il ne travaille pas un vendredi !

Il fourre la liste des courses dans sa poche : du bœuf, des pois chiches, des aubergines et du vin.

La prochaine fois, se dit-il, *je ferai les courses la veille, histoire de n'avoir à penser qu'à mes enfants et au repas que je pourrai mitonner tranquillement.*

13h00

Arrivée à l'Hyper Cacher. Pas grand monde dans le magasin. *Génial*, pense-t-il, *ce sera vite fait bien fait.* Il dégaine son sac, salue la gentille caissière et hoche la tête à l'adresse des autres clients. Tout comme lui, la plupart se trouvent là pour acheter les derniers mets oubliés pour fêter shabbat comme il se doit.

Il va d'un rayon à l'autre, prend quelques minutes, le temps de choisir de bons produits, et puis se laisse tenter par ce qui n'est pas sur sa liste. *Après tout*, se dit-il, *il faut bien se laisser aller de temps en temps. La soirée n'en sera que plus festive, plus mémorable.*

Philippe Braham, 45 ans
Né le 9 juillet 1969
Décédé le 9 janvier 2015

Victime d'un acte terroriste.
Laisse derrière lui une veuve et trois enfants.

Y. COHEN

Vincennes, 9 janvier 2015, 12h45

Yohan est en poste depuis l'ouverture du magasin à 9h. Les clients ne cessent d'entrer et de sortir. Le flux est modéré, mais continu. C'est l'un des plus gros jours de la semaine, c'est toujours comme ça le vendredi. Il sait que, jusqu'à la fermeture, les clients viendront acheter les derniers mets manquants pour préparer le repas traditionnel qui marque le début d'un week-end de repos. Lui, il le passera avec toute sa famille.

Il a déjà repéré les habitués : Yoav, le petit jeune que connaît Lassana, venu acheter du vin ; M. Braham, le père de famille, toujours joyeux, qui ne s'éternise jamais dans les rayons. Un homme avec une casquette se trouve là également, il est accompagné d'un ami, semble-t-il. L'un comme l'autre flânent dans les rayons, le deuxième homme remplissant son caddie.

Yohan pense brièvement à Sharon, sa fiancée, celle pour qui il a tout lâché pour rentrer dans la vie active. Son objectif ? Travailler et se marier rapidement pour fonder une famille.

– T'es dans la lune, Boss-Boss[2] ! s'exclame Lassana en rigolant.

Pris en flag, pense-t-il en souriant.

---

2 Surnom donné par Lassana Bathily à Yohan Cohen.

– Alors, tu fais quoi ce soir ? reprend son collègue, profitant du calme qui règne généralement dans le magasin à cette heure-là.

– Ma famille et celle de Sharon se rejoignent pour le dîner. On se marie dans un an ! Faut qu'on s'habitue à passer du temps tous ensemble, lance-t-il joyeusement.

Dehors, il fait toujours gris, très froid ; mais, dans le cœur du jeune homme, c'est toujours l'été. Il retourne à sa palette, aux produits qu'il doit ranger sur les étagères près de la vitre, pour combler le vide du raz-de-marée causé par les clients. Il aime se trouver là où son regard peut se perdre au loin. L'hiver est une saison qui lui plaît, qui a du charme selon lui, même s'il préférerait être en terrasse avec ses copains, à trinquer à l'une des victoires de l'Olympique de Marseille. Il apprécie tout de même le calme qu'apporte bien souvent le manteau neigeux.

Soudain, un coup de klaxon retentit et le fait sursauter. Des éclats de voix font brièvement monter sa tension. La veille, une policière de 26 ans a été tuée près de l'école. Sharon, sa fiancée, ne voulait pas qu'il vienne travailler aujourd'hui. Mais le boulot, c'est le boulot et il n'y a pas de petites économies, surtout l'année précédant le mariage ! C'est le prix à payer s'ils veulent rapidement emménager ensemble. Il va falloir gagner sa croûte.

– Qu'est-ce qui se passe ? murmure Lassana, un trait soucieux se dessinant sur son front.

– Bah, des mecs qui se grillent l'un et l'autre la priorité, comme d'hab.

Rassuré, Lassana s'éloigne. Il se retourne néanmoins pour dire à son ami :

– T'as jamais l'air d'avoir peur, toi.

– Dehors, c'est la jungle, et là, j'ai peur. Tu sais, généralement, je préfère avoir ma capuche et garder ma kippa à l'abri des regards. Quand je sors d'ici, souvent je retourne mon sac de courses pour ne pas montrer le nom de l'enseigne... À l'intérieur, c'est différent. Dans ce magasin, je n'ai pas à cacher que je suis juif, tout le monde s'attend à nous trouver là. J'imagine que ceux qui ne nous aiment pas ne seront pas assez fous ou stupides pour venir jusqu'ici.

– Tu sais qu'il y a des tarés partout...

– On est tous humains, on est tous frères. Je préfère me raccrocher à cette idée, ça m'aide à rester calme et à ne pas m'inquiéter pour rien.

– T'as sûrement raison, Boss-Boss...

Yohan regarde son ami s'éloigner d'un air triste, il n'aime pas cette inquiétude qui enveloppe sa communauté depuis quelque temps. *Il faut rester optimiste*, se dit-il. Plus que quelques heures avant que sa journée prenne fin, il pourra enfin retrouver sa dulcinée. Il tourne le dos à la porte vitrée, puis reporte son attention sur les bocaux et les conserves. Heureusement, dans le magasin s'élèvent les paroles de sa compil de rap. Celle que Lassana et lui aiment bien écouter. Ils ont la chance d'avoir un patron cool. Il sourit, se concentre et chante dans sa tête les paroles qui remplissent l'espace :

Je mettrai tout en œuvre pour aller toucher mes rêves

Je vivrai l'instant présent, car la vie est trop brève Seul Dieu sait ce qui est écrit pour moi

Alors, je verrai bien, je fais mon chemin, demain on verra... »

Yohan Cohen, 20 ans
Né le 22 octobre 1995
Décédé le 9 janvier 2015

Victime d'un acte terroriste.
Laisse derrière lui sa toute jeune fiancée.

F. M. SAADA

Paris XIe, 9 janvier 2015, 12h45

– Fais attention, papa, ne sors pas trop quand même.

– Ne t'inquiète pas, chérie. On ne va pas s'empêcher de vivre, hein ? Allez, dis-moi, quel temps fait-il en Israël ?

– Meilleur qu'en France, j'imagine. Il fait beau, papa.

– Je sais que tu t'inquiètes, ma puce. Mais crois-moi, tout va bien se passer. Je dois raccrocher, j'ai quelques courses à faire. *Shabbat shalom*, ma fille.

– *Shabbat shalom*, papa. Je t'aime.

La phrase de sa fille tourne en boucle dans sa tête tandis qu'il écoute les informations à bord de sa berline.

Traversant tant bien que mal le Paris très encombré des heures de pointe, il ne se décide pourtant pas à changer de station. Deux jours seulement se sont écoulés depuis l'attentat contre *Charlie Hebdo*.

Il le pense, du plus profond de son cœur : il faut continuer à avancer, à regarder vers l'avenir, surtout ne pas regarder en arrière, sous peine de trébucher sur un obstacle.

Shabbat, pense-t-il, *ce soir, j'aurai une pensée pour toutes les victimes et pour toutes ces familles au cœur brisé. C'est l'occasion de se réunir, de se changer les idées, de passer un moment agréable malgré tout, malgré toutes les menaces qui planent lourdement au-dessus de nos têtes.* Il pense à Astérix, ce petit héros de papier qu'il aime bien. Non, se dit-il, le ciel ne nous tombera pas sur la tête.

Du pain ! Il ne manque que le pain, et il pourra profiter de l'après-midi pour préparer sa petite réception du soir, avant que sa femme ne revienne du travail. Il a le temps désormais de prendre soin d'elle, de s'occuper de tout. Ce sont les avantages de la retraite : profiter enfin de la vie. Plus de stress, plus de pression, plus d'obligations, plus de soirées passées au travail : il ne s'est jamais senti aussi serein.

Et puis, un franc sourire fleurit sur son visage.

Le 31 décembre dernier, alors qu'il se trouvait avec ses enfants en Israël, son fils lui a annoncé une grande nouvelle : il allait être grand-père !

Aurait-il pu recevoir un plus beau cadeau que celui-ci ?

Grand-père ! Grand-père ! Je vais être grand-père…

Le bel événement est prévu pour le mois de juillet. Il s'imagine déjà voyager davantage pour rallier Israël, et en profiter pour nourrir cet enfant à naître et ceux qui suivront de douces réflexions sur la vie et le monde qui les entoure. L'année sera donc placée sous le sceau des babillements et des petons à peine plus grands que sa paume.

Sa femme sera bientôt libérée de son travail également et ils partiront alors s'installer là-bas, près des leurs. L'avenir se profile, placé sous le ciel ensoleillé d'Israël, bercé de l'unité familiale.

12h55

Presque arrivé. Le temps de trouver une place où se garer…

Il se replonge dans son passé, passe en revue son parcours, ce qu'il pourrait en tirer pour abreuver sa future petite-fille ou son futur petit-fils d'histoires insolites, capables de la ou le faire sourire, se questionner et profiter de ses expériences.

L'école de commerce, son service militaire au Gabon, son poste aux Galeries Lafayette comme acheteur de tissus, puis son intégration chez Biedermann, Cacharel, Tati, 3 Suisses et enfin son poste de directeur chez Wrangler. Il n'a jamais cessé de gravir les échelons, de s'affirmer, avec un seul et unique objectif : le bien-être de sa famille, la capacité de subvenir à leurs besoins. Ce qu'il a réussi et ce dont il est le plus fier.

En songeant à sa carrière, nul doute qu'il aurait de quoi alimenter les conversations avec sa descendance. Il s'imagine déjà en papi gâteau, « un peu gauchiste, un peu révolutionnaire dans l'âme », comme s'amuse à le décrire son beau-frère, celui qui dira toujours oui et jamais non.

13h04

François-Michel est heureux, il ne voit pas l'agitation qui règne autour de lui ni que le rideau de fer du magasin est en train de se baisser. Une seule pensée lui traverse l'esprit :

Mon pain ! Mon pain ! Il me faut du pain à tout prix pour ce soir !

Alors il court, animé par l'envie d'accomplir cette mission. Il entrera, coûte que coûte.

François-Michel Saada
Né le 6 juin 1951
Décédé le 9 janvier 2015

Victime d'un attentat terroriste à 63 ans.
Laisse derrière lui une veuve et deux enfants.

La veille. Dans une chambre d'hôtel
Paris, 8 janvier 2015

– Tiens, prends ça.

– C'est quoi ?

L'homme regarde les petits comprimés dans le creux de sa main : blancs, sécables, semblables à n'importe quel somnifère ou antidouleur.

– Ça t'aidera, crois-moi.

– Je comprends rien à ton charabia, c'est quoi tes trucs, là ? J'en ai pas besoin.

Il balance les comprimés sur son lit, dont la couverture est grise et râpeuse.

L'hôtel est miteux, ça, il le savait. Il aimerait quand même passer une bonne nuit. La journée du lendemain s'annonce épuisante, du vrai repos ne sera pas de trop. Et puis, il n'aime pas l'attitude de son contact. Il n'aime pas son air supérieur et dominant, sa façon d'agir et de le materner comme une nouvelle recrue. Après tout, il a fait la guerre lui aussi, il n'en est pas à ses débuts avec les armes. Il a tué, il sait ce qu'il a à faire. Et il sait pourquoi il doit le faire. Il n'a pas besoin de ces foutus cachetons pour agir.

– Assieds-toi.

Il obéit. Après tout, il peut le laisser déblatérer son discours, il acceptera les comprimés. Ce n'est pas dit, cependant, qu'il les avale. Il a vu des camarades en prendre sur le terrain et il n'a pas aimé ce qu'il a vu.

Des zombies.

Il vaut mieux que ça. Il veut qu'on se souvienne de lui comme d'un soldat d'Allah à l'esprit clair, pas comme d'un combattant faible, obligé d'être dopé sous speed.

– Dis-moi, tu connais l'histoire de la kalachnikov ?

Il lui fait signe que non.

– Les armes sont dans mon sac, de les savoir là, ça me suffit. Leur histoire, je m'en fous.

– Pourtant, elle est intéressante. Ces armes portent le nom de leur inventeur : Mikhaïl Kalachnikov. Un pauvre gars né à la campagne, il a fait son service militaire et puis a suivi des cours dans une école de conducteurs de chars… Il a vite démontré son potentiel. C'était un véritable génie de la mécanique ! Notre gars a combattu, a été blessé, comme toi, tu vois ? Et lui, au lieu de glander en convalescence, qu'est-ce qu'il fait ? Des schémas de pistolet ! Son modèle de fusil-mitrailleur a bien plu apparemment, regarde un peu où on en est aujourd'hui, regarde les armes qui sont nées après. Il a élaboré les premiers modèles en 1945, à 26 ans ! Ça fait déjà plus de soixante-dix ans, tu te rends compte ? La kalach est le modèle *number one* de tous les fusils d'assaut. Nous, nous sommes équipés de son cousin : le VZ 58. Ils sont moins chers et plus accessibles, on les trouve aujourd'hui aux quatre coins du globe.

Il hoche la tête, pas certain de comprendre où il veut en venir.

– Nous, on l'aime bien, cette arme-là, elle est plus légère, plus compacte que d'autres fusils, et puis… elle tire en rafales continues ou au coup par coup, c'est pratique… Tu vois un peu le truc : jusqu'à 800 coups par minute, tu peux pas rater ta cible… Et tu peux tirer à une portée max de 2800 mètres.

Et enfin, elle ne coûte pas si cher que ça ! Donc, ça arrange bien nos affaires. Tu sais combien ça rapporte à l'entreprise ? Bah… des millions de dollars par an, t'imagines un peu ? Des millions d'exemplaires en service, et des apparitions à la télévision, genre dans *Les Experts : Miami*… J'espère que les tiennes ont bien été entretenues, ça ne s'enraye pas facilement, ces machines-là, mais on n'est pas à l'abri d'un pépin, si on ne fait pas attention. Bref, tout ça pour dire qu'il faut bien connaître ses armes et en être fier.

Il l'observe, ignorant toujours où il veut en venir. Il reste un moment le regard perdu dans le vide. Puis son contact se redresse, plante ses yeux dans les siens avant de l'interroger à nouveau :

– Tu sais ce que c'est, le Captagon[3] ?

– Je connais le nom.

– Normal. De nombreux frères en consomment, du moins son dérivé. C'était un médicament prescrit pour traiter les troubles de l'attention, l'hyperactivité, la dépression… Commercialisé dans les années 1960, il a été interdit dans les années 1990.

– Pourquoi ?

L'homme a l'air content de la question posée. Il a enfin l'attention qu'il attendait. Il s'assied à son tour, sur la vieille chaise en bois élimée qui fait face au lit.

– Les gens en consommaient pour se doper, ça a été jugé trop dangereux.

– Si ça a été interdit il y a près de trente ans, qu'est-ce que tu fous avec ça ?

– On l'appelle toujours Captagon, mais c'est plus le même produit. Même si les effets dopants sont toujours là. Ce sont

3 Il s'agit du médicament autrefois commercialisé.

des amphétamines, tu t'en doutes, mais c'est surtout ça qui fait tourner notre business.

– Comment ça ?

– Tes armes.

Assis sur son lit, l'homme avise son sac de sport. Il frémit un bref instant. Dedans s'entassent des fusils, des grenades, des balles... Tout l'attirail dont il aura besoin pour affronter la journée du lendemain. Il n'a pas peur, il est en mission. Il en a vu d'autres, après tout. Et puis, s'il doit perdre la vie, advienne que pourra.

L'autre ne baisse pas le regard. Il est plus âgé, plus aguerri, il a certainement vu des choses pires que celles que lui a vues. Et autre chose les distingue : malgré une détermination aussi farouche que la sienne, l'autre semble convaincu que ces comprimés sont miraculeux. Pourquoi ? Pourquoi avoir besoin de se doper alors qu'il a accepté tout ça de son plein gré, qu'il est résolu et excité à l'idée de se rendre là-bas ?

Sur sa chaise, l'homme reprend de sa voix grave :

– Tes armes proviennent d'un business dont tu n'as même pas idée : la Syrie que tu chéris tant est forte grâce à ça, l'État islamique est prospère grâce à ça. Imagine, ça représente peut-être 10, 20 millions de dollars par an ! Et au moins 50 millions de comprimés vendus ! Tu ne veux pas nous aider à grandir ? À nous étendre sur le monde ? Tu ne veux pas aider tes frères ? Ces pilules-là sont en quelque sorte les descendantes d'autres pilules. À l'époque déjà, le Reich, Hitler et son armée en utilisaient pour combattre... Je sais, tu vas me dire qu'ils ont perdu la guerre... mais ils ont aussi remporté des batailles. Les Alliés aussi consommaient des trucs de ce genre, eux par contre ont gagné la guerre. Rappelle-toi, et pense au nombre de Juifs morts à cette époque. C'est à notre tour aujourd'hui et, grâce au Captagon, nous avons des armes et des troupes qui grossissent comme une fourmilière.

– Pourquoi j'en aurais besoin ? J'ai déjà combattu et…

– Mais tu n'étais pas seul. Demain, tu le seras. Et tu ne sais pas comment tu réagiras. Personne ne sera présent pour te regarder faire, tu n'auras personne à impressionner. Tu seras peut-être en tête à tête avec des bébés, des femmes ou de jeunes garçons.

– Enfants ou pas, je m'en fous. Ils sont juifs, je tire.

– Tu dis ça, mais tu n'en sais rien, je le vois bien à ton regard fuyant. Ton regard ne doit pas être fuyant !

Soudain, son visage change, ses traits se durcissent et l'homme, assis sur son lit, doute. Il est vrai qu'il n'a jamais eu à abattre d'enfants, mais il le fera, pour ses frères, pour remporter sa mission et décrocher les vierges promises. Il ferme les yeux un instant, s'imagine dans ce magasin, les otages terrés quelque part. Peut-être seront-ils déjà tous morts, mais il ne le faut pas, comment négocier sinon ? Aura-t-il la force de les regarder en face ? Et s'il refuse, ses frères lui en voudront-ils ?

– Quels sont les effets ? Comment je vais réagir si j'en consomme ?

– Ça donne la pêche, tu te mets à combattre sans te fatiguer, tu marches droit devant toi, tu ne connais plus la peur. Les combattants l'utilisent pour veiller, pour contrôler leurs nerfs… Si on te frappe, si un otage se rebelle, tu ne ressentiras pas la douleur, tu pourras te défendre comme un tigre, tu seras invincible. Et puis, le plus important… tu oublieras ta famille, tes proches. Tout ce qui pourrait te faire défaillir, te faire renoncer à mourir pour Allah. Tu auras des idées de génie, tu réfléchiras comme un roi, tu deviendras une vraie machine à tuer, et rien ne t'arrêtera.

L'homme ne peut s'empêcher de ressentir à son tour cet enthousiasme. Il a envie d'être un roi, il a envie d'être un stratège dont l'Histoire se souviendra, d'avoir lui aussi des idées de génie, sans avoir besoin de la lampe. Ces comprimés sont peut-être la ressource magique dont il a besoin. Et puis, il doit participer au grand plan de ses frères. Si l'État islamique vit grâce à un foutu business, il doit en faire partie. Ce sera sa modeste contribution aux idéaux qu'il défend. Après tout, de la drogue, il en a déjà pris. Si celle-ci le rend encore plus lucide, alors pourquoi pas ? Peut-être verra-t-il ce que personne ne voit ? La solution miracle à leur combat qui semble sans fin. Peut-être que, grâce à lui, les frères Kouachi deviendront la monnaie d'échange qu'il espère tant obtenir.

– Je vais y réfléchir, dit-il calmement, le regard rivé à celui de son interlocuteur.

Son contact acquiesce, se lève et attrape son blouson. Il s'approche et prend les comprimés qui se trouvent sur la couette, pour les déposer délicatement sur la table de chevet.

– Dors un peu et prends-en un. Si après une heure tu te sens bien, augmente la dose. Mais fais gaffe : quand tu te sentiras roi, tu seras prêt à partir. N'en abuse pas. Si tu pouvais être là-bas pendant l'heure de midi, ce serait parfait.

Puis il part. Dehors, la nuit est tombée depuis longtemps. La solitude le fait tourner comme un lion en cage dans cette foutue chambre de fortune mal chauffée, mal éclairée. Il s'allonge et essaie de se reposer, programme un réveil au cas où.

Les heures défilent et, dans son esprit, les scénarios se forment, tous plus improbables les uns que les autres. De sa réussite dépendront les négociations concernant les frères Kouachi. De sa réussite dépendra son jugement auprès d'Allah, sa récompense. Sera-t-il assez vaillant, assez robuste pour mener à bien sa mission ? Fléchira-t-il sous le poids des supplications des otages ? Sera-t-il capable de les abattre pour qu'on le prenne au sérieux, de tuer des enfants ? Il se maudit pour les questions qui assaillent son esprit. Les réponses devraient être limpides, binaires : oui ou non. Il pensait réussir sans ressentir le besoin d'un médicament magique. Mais n'est-ce pas là aussi une façon de prouver son allégeance à l'État islamique ? Contribuer à leur business mondial, pour que ses frères ne manquent jamais d'armes pour les combats à venir ?

Il se tourne, se retourne, mais les idées submergent son esprit, l'empêchent de se reposer, empêchent son corps de sombrer, même quelques heures, quelques minutes. L'angoisse prend le pas sur ses doutes, puis la colère et le dégoût. Dégoût de lui-même, de toutes ses interrogations qui font de lui le piètre soldat de son Dieu.

L'énervement devenu rage, de ne pouvoir s'endormir, de ne pas trouver la paix, le pousse à fixer les médicaments.

Quatre comprimés. Au moins une heure d'intervalle entre deux, pour voir comment son corps réagit.

D'un geste sec, il en attrape un, se lève d'un bond pour prendre sa bouteille d'eau. Il observe le cachet dans le creux de sa main et, sans réfléchir davantage, l'avale avec une gorgée d'eau.

Oui, il aidera l'État islamique dans ses affaires. Oui, il veut être le roi.

Oui, il veut la toute-puissance, capable de lui ôter le moindre doute.

Allah saura reconnaître son courage, celui d'être capable de dépasser ses propres limites. Aidé ou non, tant qu'il fait ce qu'il faut faire. Il est prêt à devenir plus qu'un soldat d'Allah.

Il retourne s'allonger sur son lit, les bras croisés derrière la tête. L'heure est venue de prouver sa valeur. Il ne peut empêcher son sourire de s'élargir. Il ne ressent rien encore, mais il sait que ça va arriver, il sait que la peur et l'incertitude doivent se tapir sous ses convictions profondes. Elles méritent de prendre le contrôle, pense-t-il.

Et, peu à peu, ses muscles se détendent, sa vision s'ajuste, son souffle se cale alors que les battements de son cœur, eux, s'accélèrent légèrement. Sa fatigue se dissout sous ses paupières et, à mesure que le temps s'égrène, l'envie d'avaler un deuxième comprimé le saisit.

Le jour sera bientôt levé. D'ici peu, il sortira pour prendre le chemin de sa quête suprême. Il balancera son sac de sport sur son épaule, trimballera ses armes dans un Paris morne sous sa chape hivernale.

N'y tenant plus, il se redresse, se déshabille et foule le carré de douche à la propreté douteuse. L'eau coule sur son corps musclé, emportant avec elle ses derniers doutes et ses vieilles craintes. Il se concentre sur son rythme cardiaque, se voit soulagé de bien supporter le Captagon. Il hésite, peut-être prendra-t-il un dernier comprimé avant de se rendre à son ultime adresse.

11h00

Le félin bande ses muscles, il est prêt, les yeux grands ouverts, l'objectif ancré dans son esprit. Il prend son sac, en vérifie une dernière fois le contenu, fourre ses quelques effets personnels et sans valeur dans un sac plastique qu'il jettera dans la première benne venue. Nulle trace après son passage. Pourtant, il le sait, son nom sera bientôt connu de tous.

Il dévale les marches, règle sa chambre en liquide et quitte l'hôtel miteux. Derrière lui : sa misérable vie, ses combats inutiles. Face à lui : l'avenir, sa mission finale, les bras ouverts à son Dieu. Il sent l'adrénaline dans ses veines, il aimerait courir, crier, hurler. Il se sent bien, heureux et tout-puissant. C'est grisant. Jamais il n'avait ressenti pareille sensation de bien-être.

Alors qu'il approche de l'Hyper Cacher, il avale un dernier comprimé.

Maintenant, plus rien ne pourra l'arrêter. Plus aucune sensation humaine. Il sera alors bien plus grand que ça, bien plus important qu'eux. Il pourra écraser le haut de la fourmilière, l'attaquer en son cœur et l'affaiblir. Une poignée de Juifs en moins, ce sera une victoire de plus pour Allah.

Son cœur s'accélère.

Ses jambes le portent de telle façon qu'il a l'impression de voler, de toucher à peine les pavés.

Il ne perçoit pas les regards interrogateurs des personnes qu'il croise. Il est au-dessus de tout ça. Ses paupières se ferment tout juste lorsqu'il cligne des yeux.

Ça y est, il le voit. L'Hyper. La devanture bleue. Il distingue les clients à l'intérieur et ses yeux s'agrandissent comme son sourire.

Le moment est venu de lancer l'assaut. Il s'agite. Ses pensées se bousculent dans sa tête, mais l'objectif reste précis malgré le capharnaüm dans son esprit.

Lorsque quelques pas seulement le séparent de la porte d'entrée, il sort l'un de ses fusils qu'il met en bandoulière. Il le sait armé, prêt à obéir à son bon vouloir, selon le dessein de son Maître.

Un pas.

Deux pas.

Cinq suffisent.

Il ne réfléchit pas, il fait feu. Et lorsque les cris s'envolent vers les cieux, sa jubilation atteint son paroxysme.

« Si chacun de nous fait le peu qu'il peut avec conviction et responsabilité, je vous assure que l'on fera énormément. »

Pierre Rabhi

CHAPITRE 1
Hyper Cacher, Caméra 1

9 janvier 2015, Porte de Vincennes
Hyper Cacher, 13h05

Caméra 1[4] : *Entrée (extérieure) du magasin. Amedy Coulibaly entre dans l'Hyper Cacher, seul, à visage découvert. Il porte un manteau à la capuche bordée de fourrure. Il a un sac de sport d'où il sort un fusil-mitrailleur.*

Bip.

La caissière, Zarie Sibony, scanne les codes-barres de sachets de poulet surgelé. Le bip résonne comme celui d'un électrocardiogramme.

Bip-bip-bip.

Au repos, la fréquence cardiaque normale est de 60 à 80 battements par minute.

L'homme franchit le seuil du magasin, un fusil d'assaut à la main. Le premier tir est immédiat. Un jeune d'une vingtaine d'années s'effondre. Yohan Cohen. Plusieurs balles lui déchirent le dos.

Il hurle :

– Au secours, Patrice ! Putain, j'ai mal !

4 Images de vidéosurveillance diffusées durant le procès.

Les sanglots font trembler sa voix, le sang inonde sa chemise, se répand autour de lui, comme une auréole entourant la tête d'un être angélique. Il crache du sang, ses yeux sont révulsés, les gargouillis au fond de sa gorge l'étouffent un peu plus à chaque seconde.

La jeune femme, pétrifiée, se réfugie sous la caisse. Mais peut-elle vraiment se dissimuler de l'ange de la Mort, qui a troqué sa faucille contre un VZ 58, un fusil d'assaut tchécoslovaque. Il faut croire que l'Azraël des temps modernes a d'autres choses à faire et qu'il est passé à l'ère de l'industrialisation. Le forcené semble avoir des yeux partout et bouge beaucoup trop rapidement. Il a l'air excité aussi, des yeux de fou sur un visage de marbre. Comme un serpent, ses membres ondulent, son buste pivote et il fixe ses proies d'un air vicieux. Il nous englobe tous de ce regard dément, on dirait même qu'il peut capter les vibrations du sol et de nos respirations rapides et saccadées.

– Personne ne bouge !

Sa voix explose dans nos tympans comme les balles tirées quelques minutes plus tôt dans le magasin.

– Ne bougez pas !

Il a l'air entraîné. Il paraît immortel. Alors que nous, nous nous liquéfions de plus en plus.

Devant la caisse, il attrape un homme par la capuche de son sweat, hurlant toujours plus fort :

– Tu t'appelles comment ?

– Philippe, répond ce dernier.

– Philippe comment ?

– Braham.

Il l'exécute alors de deux balles dans la poitrine, sans un mot, sans un procès, juste parce qu'il était là au mauvais moment, au mauvais endroit, juste parce qu'il était juif.

D'une enjambée aussi vive que leste, il s'approche de la caisse, se penche légèrement pour regarder derrière et raille d'une voix cassante en apercevant la cachette de fortune :

– Ah, ah, t'es pas morte, toi ? Tu veux pas mourir !

Et un sourire halluciné étire la commissure de ses lèvres en une grimace horrible. Ça, le clown est revenu. Au caractère aussi changeant que la créature qui hante les égouts de Derry dans l'œuvre de Stephen King. Tantôt colérique, tantôt sadique, tantôt sarcastique. Le serpent devient clown, jaillissant hors de sa boîte.

Il pointe son arme vers le plafond et tire. Des étincelles blanches crépitent lorsque la balle rencontre le plâtre, et la jeune fille hurle, se redressant vivement. Le face-à-face est rapide, son arme est pointée vers elle et, à nouveau, il tire.

Bang ! Bang !

La peur provoque une accélération des battements de mon cœur de plus en plus rapides :

80 battements par minute.

100 battements par minute.

150 battements par minute.

Chacun d'eux résonne dans mon oreille, tels des acouphènes pulsatifs qui me font perdre toute notion des sens et de l'équilibre.

Raté.

La caissière ouvre un œil, pour s'apercevoir que sa frêle silhouette n'a pas été touchée. Il l'a manquée, elle est toujours en vie.

– Vous voulez la caisse ? parvient-elle à crier. Prenez la caisse !

Et l'homme rigole, se retourne lentement pour planter son regard noir dans le sien, vexé d'être considéré comme un simple braqueur amateur.

– Tu crois que je fais ça pour l'argent ? Est-ce que t'as vu ce qui s'est passé à *Charlie Hebdo* ? Avec les frères Kouachi, on fait partie de la même équipe, on s'est scindés en deux groupes.

Il crache plus qu'il ne parle, son dégoût est évident, tout comme sa résolution.

– Vous, les Juifs, vous aimez trop la vie alors que c'est la mort qui est importante. Je suis ici pour mourir. Vous êtes juifs et français, les deux choses que je déteste le plus au monde.

– Viens et ferme la porte ! Elle est où, cette putain de clé ?

– Viens ici, sinon je les bute tous !

Caméra 1 : *Des personnes s'enfuient en courant. François-Michel Saada fait son entrée. Le rideau de fer est descendu.*

– Je dois acheter du pain ! glapit-il.

– C'est fermé ! hurle la caissière, faisant péniblement descendre le rideau métallique. C'est fermé ! Rentrez chez vous !

Mais l'homme se faufile, furieux.

Le forcené le cueille à l'entrée d'une balle dans la tête. Il traîne le malheureux au sol comme on traîne un morceau de viande, l'abandonnant devant la caisse près de Philippe Braham.

Il attrape alors violemment l'une des employées par le bras et lance un regard bestial à la caissière :

– Tu as dix secondes pour aller chercher les gens qui se sont cachés en bas ou je la tue.

*9 janvier 2015, Paris XVIe*

Ce soir, c'est shabbat. Je passe beaucoup de temps avec un ami d'enfance. J'ai 70 ans. Pourtant, je ressens toujours le besoin, l'envie aussi, de protéger et d'aimer mon prochain. Comme il est écrit dans les commandements de la Torah : « *Tu aimeras ton prochain comme toi-même.* »

Le shabbat commence le vendredi, dix-huit minutes avant le coucher du soleil, et se termine le samedi soir, après l'apparition de trois étoiles dans le ciel. Beaucoup de non-croyants voient dans cette journée de repos une journée de restrictions. En effet, ce jour-là, nous cessons toute activité : le travail, la cuisine et même l'utilisation de nos appareils connectés. Mais nous ne le vivons pas comme une contrainte, shabbat est une retraite, un moment de repos pour notre esprit et un détachement de ce monde matériel au profit d'un monde plus spirituel. C'est le jour où nous célébrons la fin de la création du monde, le 7e jour, celui du repos, *menoukha*, comme on dit en hébreu. Cette journée-là, nous la vivons pleinement. Nous célébrons la vie et ce qu'elle a de plus précieux à nous offrir, accompagnés de nos familles et de nos amis.

Mon histoire commence là.

Mon ami est à mes côtés lorsque son téléphone sonne. C'est sa maman. Il doit encore faire quelques courses, acheter des produits cacher, car leurs invités ne vont pas tarder. J'enfile mon manteau noir, un peu usé par le temps mais qui me tient chaud, visse ma casquette sur ma tête et nous gagnons la rue où est garée ma voiture, heureux une fois installés dans l'habitacle. Le temps est gris et les températures sont basses, à peine 5 degrés.

Nous prenons la direction de la rue Jean-de-La-Fontaine. Mon ami m'a dit qu'une épicerie casher s'y trouvait. J'aime bien l'histoire de cette rue, nommée ainsi en hommage au poète français. Au XVIIe siècle, il habitait l'ancien village d'Auteuil, traversé par cette voie. Par un heureux hasard, cette rue s'appelait déjà « la Fontaine », en raison d'une ancienne source qui s'y écoulait.

Donc, nous arrivons dans cette rue aux immeubles immenses, mais la boutique est fermée. En liquidation, nous dit-on.

– Le business du cacher ne doit pas être très rentable, me dit mon ami avec un sourire au coin des lèvres.

Un peu déboussolés, nous continuons notre route, toujours tout droit, en direction du boulevard Voltaire. Nous traversons les arrondissements comme s'il s'agissait des siècles passés, en songeant aux œuvres des plus grands penseurs dont les noms ornent les rues, sur dix kilomètres environ. J'ignore pourquoi nous avons fait tant de chemin. D'autant que nous ne connaissons rien à ce boulevard. Nous avisons plusieurs magasins sur notre route, des supérettes vendant du cacher, mais nous ne sommes pas convaincus. En revanche, on sait que Porte de Vincennes se trouve un supermarché réputé. Il me dit que sa devanture est d'un bleu qui se repère de loin.

Je ne me suis pas posé de questions.

Avec le recul, je me dis souvent que je n'avais rien à faire dans ce magasin. Je n'avais jamais mis les pieds dans ce quartier jusqu'à ce jour-là. Il n'y a pas de hasard.

Mais comment peut-on envisager une horreur pareille? Pourtant, je ne suis pas du genre à me dire que les malheurs n'arrivent qu'aux autres. Je suis déjà allé sur le front en temps de guerre, et de mon plein gré. Je connais le danger et je vois bien que l'insécurité règne en France. Les minorités ne sont pas protégées, ma communauté souffre de plus en plus de la montée des actes du terrorisme. L'antisémitisme pèse sur nous, encore. Et pour toujours, je le regrette. Mais nous continuons à vivre. Nous ne sommes pas les seuls à subir l'indifférence, nous ne sommes pas les seuls à nous sentir rejetés.

Je gare la voiture dans une ruelle à proximité de l'Hyper Cacher. Nous franchissons le seuil du magasin en souriant, mon ami évoquant la liste de ses invités, se réjouissant d'avance de la belle soirée à venir.

Je prends un chariot, heureux, songeant aux bougies que j'allumerai moi-même avant la tombée de la nuit pour sanctifier l'entrée de ce jour saint.

Un ami m'a demandé de lui acheter du tahina, du sésame moulu. La texture et la couleur brune sont assez étranges, devenant blanches lorsqu'on y verse quelques gouttes de citron. J'en mange de temps en temps, c'est très bon pour la santé, paraît-il. Je me dirige vers le fond du magasin en quelques enjambées. Je suis au milieu du magasin lorsque tout commence. En temps normal, il nous aurait fallu cinq minutes supplémentaires pour payer et quitter l'enseigne. Une normalité que je n'ai jamais retrouvée depuis, et qui me hantera à jamais, je le crains.

13h00

Mon ami termine ses courses, paye et flâne quelques instants dans les rayons. Il m'attend. Par ma faute, nous perdons de précieuses minutes. Quand j'y repense, je ne regrette pas ce que le destin m'a offert : l'opportunité de sauver des vies, de participer à la neutralisation d'un dangereux terroriste.

CHAPITRE 2
Hyper Cacher, Caméra 2

Caméra 2 : *Entrée (intérieure) du magasin : Yohan Cohen regarde ce qui se passe à l'extérieur et voit Amedy Coulibaly entrer dans le magasin. Le terroriste fait feu sur Yohan Cohen à plusieurs reprises.*

Je suis entre les bocaux d'olives Bornibus et les bocaux de choucroute Polonia – c'est fou ce que le cerveau peut être sélectif et se souvenir de détails insignifiants, sans intérêt dans pareille situation, quand j'entends de l'agitation près de l'entrée. Je vois la silhouette d'un homme dans l'encadré de la porte, il est grand, noir, sac de sport sur l'épaule gauche et un fusil d'assaut dans la main. Ce fou tire d'emblée sur un manutentionnaire qui se trouve sur sa gauche. La seule erreur de ce jeune homme était d'être là. Il s'effondre et il hurle :

– Au secours, Patrice !

L'homme accourt, et le forcené lui tire dans le bras. Le pauvre homme – j'apprendrai plus tard qu'il s'agissait du directeur du magasin – ne peut pas aider son jeune employé, il sait qu'il en perdrait la vie lui aussi.

Heureusement, il parvient à prendre la fuite et à s'échapper à l'extérieur.

Il se passe un laps de temps, très court, où les gens réalisent, prennent conscience du danger. Personne ne prend réellement la pleine mesure de la situation, on ne pense pas

« T E R R O R I S M E » quand on va faire ses courses, on pense plutôt « braquage ». Jusqu'au moment où les balles explosent dans le dos d'un jeune homme : Yohan Cohen.

Les gens hurlent, fuient à toute vitesse. Tout cela se passe très vite. Pourtant, dans mon souvenir, cela me semble très long… Je le vois à travers les rayons, ma raison me crie de fuir à mon tour. La sortie n'est qu'à deux mètres. Je pourrais quitter le magasin moi aussi – avant que le rideau ne soit baissé. Mais je ne bouge pas, mon corps semble ancré dans le sol. Je suis calme et serein. J'entends les tirs, je vois les corps tomber et les balles les transpercer au ralenti, pénétrer la chair comme le couteau pénètre la motte de beurre. Le sang… tout ce sang, c'est irréaliste. J'ai fait la guerre et je me dis que je devrais y être habitué, d'une certaine façon. Mais, entre le terrain et l'intérieur d'un magasin, il y a un fossé, « la folie meurtrière », qu'on ne devrait jamais franchir. On s'attend à combattre lorsqu'on est entouré par les soldats ennemis, nous n'avons plus conscience de qui nous sommes, nous sommes programmés comme des robots et savons que la guerre est à notre porte.

Depuis ce jour-là, j'ai conscience que cette foutue guerre s'étend comme des tentacules à travers le monde. Le terrain de jeu de l'ennemi est partout, ce n'est plus une zone de guerre, c'est un terrain de chasse où nous, les Juifs, devenons le gibier à abattre.

Tandis que les gens courent dans tous les sens, la petite voix au fond de mon cœur me cloue au sol. *Non*, me dis-je, *j'analyse la situation*. Je ne panique pas, après deux grandes guerres, j'ai le courage de rester sur place.

J'entends hurler :

– Personne ne bouge ! Ne bougez pas !

Et je me dis que cet homme-là est un dément.

Il attrape le client qui se trouve en caisse par la capuche de son sweat et l'oblige à lui faire face. Les questions fusent, il veut savoir son nom, il hurle, et lorsque la réponse – Philippe… Braham – tombe, le client signe son arrêt de mort. Deux balles lui perforent la poitrine comme les deux syllabes de son prénom, sauf que cette partition sonne faux et fait très mal.

Il n'a fait que répondre, naïvement. Son sort s'est scellé sur cette seule information, sur ce seul détail de l'histoire : son nom. Je comprends rapidement les raisons qui motivent le tueur, sa macabre démonstration en est la preuve, il n'est pas là pour massacrer n'importe qui. Il est là pour massacrer des Juifs. L'histoire se répète tristement dans une autre époque, dans un autre espace-temps, mais toujours avec le même but.

Je vois les gens paniqués courir dans tous les sens, tenter de se cacher, foncer vers le sous-sol. Trois personnes parviennent à s'échapper par l'interstice de 20-25 centimètres offert par les portes de secours qui se transforment en portes de la vie.

L'homme s'approche de la caisse et je l'entends crier, à moitié amusé :

– T'es pas morte, toi ?

Il sourit… et tire plusieurs fois. J'entends les hurlements de la jeune femme qui tenait la caisse. Il l'a ratée. Les balles se fichent dans le mur derrière elle. Est-ce délibéré ou bien son heure n'a-t-elle pas sonné ? Sûrement. Il a probablement d'autres projets pour elle. Elle pleure, et je vois sa profonde détresse quand elle se relève, tandis que son regard se porte vers son collègue, toujours agonisant.

– Vous voulez la caisse ? parvient-elle à articuler. Prenez la caisse !

Et lui rigole encore, il l'observe et fulmine :

– Tu crois que je fais ça pour l'argent ?

Et d'ajouter :

– Je suis ici pour mourir.

Il lui ordonne de baisser le rideau métallique. Moi, je suis toujours là, au milieu du chaos, caché dans un rayon. D'un côté, je vois les gens qui se ruent en bas ; de l'autre, la porte d'entrée bientôt condamnée. *Cette fois*, me dis-je, *c'est trop tard*. Le rideau va se baisser, le piège va se refermer. Je cherche désespérément mon ami du regard, mais il n'est plus là. Je prie intérieurement pour qu'il soit dehors et non en bas.

Je pensais à ce moment-là que les choses ne pourraient pas être plus surréalistes, et pourtant, je me trompais.

Caméra 2 : *François-Michel Saada aperçoit le terroriste, amorce un mouvement de fuite et est abattu. Son corps est traîné par Amedy Coulibaly à l'intérieur du magasin jusqu'aux caisses. Le rideau de fer est descendu.*

Un homme arrive en courant alors que le rideau se baisse. La jeune caissière le supplie de faire demi-tour, elle hurle que c'est fermé. Mais l'homme se faufile sous le rideau. Il veut à tout prix acheter du pain pour shabbat, il n'est pas content. Moi, je suis là, abasourdi. Il ne voit pas encore le sang. *N'a-t-il vraiment pas entendu les déflagrations ?* J'ai pourtant l'impression qu'elles ont fait trembler tout Paris. Les tirs bourdonnent encore dans mes oreilles, nous sommes plongés au cœur de l'enfer et cet homme insiste pour rentrer. Après tout, c'est shabbat. Alors que la jeune femme s'énerve, impuissante, tandis qu'elle tente de lui sauver la vie, le forcené surgit derrière elle. D'un coup de feu, il abat cet innocent qui voulait simplement acheter du pain. Il traîne son corps, et le sang se répand depuis sa poitrine, traçant un sillon sur le carrelage. Comme s'il s'agissait d'un paquet encombrant, il le pousse près du cadavre de l'homme au sweat, devant la caisse. Pour nous effrayer davantage, son VZ 58 résonne une fois de plus.

En quelques minutes à peine, il y a deux cadavres et un agonisant. Je ne le sais pas encore, mais une quatrième victime va bientôt alourdir le bilan.

« Le mellah est au Maroc ce que le ghetto est à l'Europe : le nom historiquement donné au quartier juif. Au-delà de cette définition qui fait l'unanimité tranquille des hommes compétents, on quitte la terre ferme pour entrer dans le monde de la fantaisie dès qu'on cherche à retrouver l'origine et la signification de ce simple mot : le mellah. »

L'esprit du mellah, Joseph Tolédano

CHAPITRE 3
L' enfant du mellah

1957, Maroc, mellah de Fès
« Tu seras un homme, mon fils. »

Les youyous des femmes s'élèvent dans le vent sec et chaud du sirocco, faisant trembler les murs des maisons à notre passage. Derrière moi, comme les chants sacrés qui résonnent au cœur de la synagogue, ce sont les exclamations, les cris de joie qui montent vers les cieux. Les gamins s'agglutinent, formant une masse toujours plus compacte dans mon dos. Avec mes amis, nous quittons l'Alliance[5]. Demain, c'est mon anniversaire et le passage de l'enfance à ma vie d'adulte.

Lorsque mes souliers foulent enfin l'entrée de ma maison, les préparatifs battent leur plein. La fête organisée pour la célébration de ma bar-mitsvah s'annonce somptueuse.

Ma maison est pleine à craquer de bonheur, de chants, de musique et de bonnes odeurs. J'entends depuis chaque dépendance les notes de musique se mêler aux conversations et aux effluves de la viande en train de mijoter.

Quand ma mère m'aperçoit, elle me prend le visage entre ses mains douces, m'offre l'un de ses regards emplis de fierté et d'admiration.

---

5 École primaire fondée par l'Alliance israélite universelle.

– J'aurais aimé que ton père soit là aujourd'hui, qu'il puisse voir l'homme fort que tu deviens.

Je sens les larmes se frayer un chemin sous mes paupières, mais je suis cet homme fort dont elle parle, celui qui ne pleure pas, c'est à moi maintenant d'être celui sur qui elle peut compter. Je ravale mes émotions, les chasse au plus profond de moi et je lui offre mon sourire le plus éclatant, le plus confiant.

– Il est là, *ima*[6].

Je pose sa main sur mon cœur. Mon cœur qui bat furieusement sous le coup de l'émotion.

70 battements par minute.

90 battements par minute.

100 battements par minute.

Je l'entends cavaler dans ma poitrine.

Le lendemain, la cérémonie est comme je me l'étais imaginée. Sur mon épaule repose le talit, un châle de prières en laine garni de franges aux quatre extrémités, appelées *tsitsit*, composé de 613 nœuds faisant référence aux 613 commandements de la Torah ; et contre ma peau, les traditionnels phylactères, *tephillin*[7]. L'un enserre mon bras gauche, l'autre ma tête. Le premier boîtier contient un seul parchemin sur lequel sont écrits les quatre fondements les plus importants de la Torah, il est attaché par une fine lanière de cuir noir sur le muscle orienté vers mon cœur. Le second boîtier, placé à la base de mes cheveux, contient quatre parchemins.

À cet instant, je me sens gonflé d'orgueil. Dans l'assistance se trouvent les nombreux membres de ma famille. Des personnalités éminentes dont les yeux sont rivés sur moi. Je ne me sens pas intimidé, je me sens, à cet instant, devenir un héros.

---

6 « Maman », en hébreu.

7 Petites boîtes cubiques contenant des passages de la Torah.

Celui de ma mère, celui de ma famille et un jour, je l'espère, comme mon père et les autres hommes de ma famille avant lui, le héros de mon peuple. Les prières s'élèvent, comme les miennes, dans la synagogue, en un dialogue voluptueux. À cet instant, je me sens en paix. Ce sont des moments que j'ai appris à savourer en grandissant, même s'ils sont rares, ils nourrissent l'âme et la font grandir.

Lorsque nous regagnons la maison, elle est à présent pleine de nous, de nos invités, de ma famille, remplie d'amour et de joie. Elle palpite comme un seul cœur qui bat à l'unisson, je suis au centre de ces festivités, aujourd'hui, c'est ma journée. Les baguettes retombent sur le cuir des tambours de la même façon que l'organe qui bat dans ma poitrine. Vite et fort.

Nous dansons, les femmes chantent, les hommes me félicitent. Et moi, je les admire, tous sont des héros de guerre, des militaires, des hommes de terrain qui luttent vaillamment. Eux non plus n'ont jamais eu peur. Ils sont courageux, admirables.

Maman intercepte souvent mon regard, un sourire à la fois triste et heureux peint sur son beau visage.

– Ça va ?

Je sursaute, elle s'est matérialisée à côté de moi, je ne l'ai même pas vue s'approcher.

– Oui, *ima*. Tu crois que je serai aussi fort qu'eux un jour ? dis-je en désignant mes oncles du regard.

– *Ben*[8], ne t'inquiète pas, tu es un enfant béni, depuis le premier jour où nous t'avons nommé. Tu deviendras un homme bien et il ne t'arrivera jamais rien, surtout n'aie jamais peur, Dieu est avec toi.

8 « Fils », en hébreu.

Elle me presse l'épaule et retourne à nos invités. Sur les tables sont disposés de très nombreux plats et les parfums enivrants sont eux aussi une bénédiction. Se mélangent les arômes pimentés de la *tchouktchouka*[9], ceux amers des salades d'oranges. Les hors-d'œuvre laissent derrière eux une odeur fruitée, un brin corsée. Se superposent ensuite celles des épices et de la viande, mêlées aux youyous de mes tantes et de mes cousines, chaque plat entraînant dans son sillage la douceur de vivre et le bonheur de l'instant présent.

– Alors ! s'exclame l'un de mes cousins, te voilà un homme !

– Je l'étais déjà, je murmure, sûr de moi, mon sombre regard planté dans le sien.

Et en effet, homme, je l'étais déjà depuis deux ans. C'est beaucoup à l'échelle d'un enfant. J'avais 10 ans quand j'ai commencé à devenir homme, à devenir le héros de ma maman. Sans père, il fallait bien aider. J'étais un homme, celui de la famille. Ma bar-mitsvah n'a pas été une étape ni un passage, seulement une confirmation de ce que j'étais déjà. J'ai toujours été un enfant débrouillard, la peur ne m'a jamais entravé, ni enfant ni adulte.

Quand je me lève le matin, je n'ai pas peur, quand je me perds, je n'ai pas peur, quand on frappe à ma porte, je n'ai pas peur, lorsqu'on me laisse seul, je n'ai pas peur.

Mon père est mort quand j'avais 2 ans. Mon frère David lui aussi est mort ainsi que mon frère Jacob, je cohabite avec l'ombre de la mort depuis mon plus jeune âge. Je ne peux pas avoir peur. Ni de la vie ni de la mort. J'ai grandi avec elles, j'ai même fait mes armes avec elles.

À 10 ans, je foulais déjà le sable et les graviers du mellah, la tête haute, plein de fierté, je faisais se lever la poussière à mon

9 Salade de poivrons grillés.

passage. J'ai fait plein de petits boulots, mais avant tout, ce que j'aimais déjà à l'époque, c'était m'occuper des autres, venir en aide aux personnes âgées, les sages de notre quartier, comme à n'importe quelle personne dans le besoin. Alors la poussière me collait aux mollets, je transpirais, je m'épuisais parfois, mais j'étais là, j'appartenais à un ensemble plus grand que moi. Fès était une belle ville où Juifs et Marocains vivaient ensemble, s'appréciant à cette époque.

Je revois dans mes souvenirs la vieille Tehila et je me souviens de son sourire lorsque, en passant devant chez elle, je m'écriais gaiement : « Je vais vous chercher vos médicaments ? » comme une évidence.

Je me souviens d'une famille qui vivait deux rues plus bas. Il y avait là de nombreux enfants et la mère fabriquait une eau-de-vie, *mahya*, extraordinaire ! Beaucoup venaient lui rendre visite et lui acheter cette potion artisanale que je me suis longtemps gardé de goûter ! L'odeur des figues fermentées suffisait déjà à me faire tourner la tête.

Le soir venu, certains Marocains aussi venaient en profiter, attablés avec les nôtres, ils se régalaient de nos saucisses et nous nous régalions de leur présence, de leurs discussions. Ça sentait bon les épices, la poussière, le soleil et le vivre-ensemble.

Je déambulais aussi bien dans le mellah que dans la médina, c'était pour moi un véritable terrain de jeu. On entend souvent dire aujourd'hui, en parlant de Marrakech, que « toutes les routes mènent à la place Jemaa el-Fna ». Chez nous, c'était pareil, « toutes les rues mènent à cette porte bleue », l'entrée de la médina. Nous vivions sous le protectorat français et, en comparaison de ce que nos parents pouvaient nous raconter sur les années de restrictions vécues auparavant, on se sentait en sécurité.

Jamais je n'ai eu peur.

Pourtant, à deux reprises, je me suis égaré. Le mellah, comprenez bien, était immense pour un enfant. À ce qu'il paraît, tous les habitants me cherchaient… et moi, je suis revenu tout seul, l'air de rien. J'aimais flâner à cette époque, parfois avec mes copains, parfois seul. Je me laissais guider par mon instinct le long des bâtiments, admiraient les volcans d'épices mis en évidence dans de simples bidons métalliques, les balcons de bois sur les façades de nos maisons, les tapis poussiéreux empilés sur tes tables de fortune… Malgré la pauvreté qui régnait ici, malgré les chats efflanqués et couverts de puces qui se prélassaient aux abords des boucheries, malgré les rides précoces qui se creusaient parfois sur nos visages, j'aimais sentir la vie. J'aimais la regarder s'épanouir le long des ruelles, arrondir les ventres de nos femmes, se frayer un chemin malgré tout. J'aimais longer nos murs, y laisser courir mes doigts tandis que je courais, et j'aimais me trouver dans l'encadré de la porte Bab Lamar. C'était toujours un moment grisant qui me rappelait qu'un jour prochain je partirais.

J'ai vraiment travaillé pour la première fois à 14 ans. J'étudiais l'électricité et l'électronique. Un jour, en classe, un ami m'a demandé :

– Tu saurais faire une installation électrique ?

– Bien sûr ! lui ai-je répondu, confiant.

Je n'avais pas peur, ni d'échouer ni de me ridiculiser. Cet ami vivait dans une ferme, sa famille était connue pour ses fromages.

Nous nous sommes donc rendus au fond du mellah, dans le hangar d'un grossiste très connu à cette époque-là, M. Monsonego. Chez lui, on trouvait une foule de produits, l'équivalent de nos quincailleries aujourd'hui. J'ai acheté tout ce dont j'estimais avoir besoin.

Comme convenu, je suis allé un dimanche dans la ferme de mon ami. Je suis arrivé très tôt le matin et j'ai passé toute la journée dans la cave, à monter cette installation. J'étais dans le noir, je me suis acharné durant des heures, jusqu'au soir. Je me rappelle les réflecteurs installés au plafond, le tableau général, à l'ancienne… Je vous parle d'une époque où les interrupteurs étaient en fait des commutateurs qu'on levait à la main.

Vers 19h, le propriétaire est venu me voir, avec sa femme et mon ami. Et puis on a allumé. Je me suis souvenu d'une phrase latine : *Fiat lux et facta est lux*, « Que la lumière soit, et la lumière fut. »

Et là… j'ai enfin compris ce qui me chatouillait les narines depuis des heures : des fromages énormes remplissaient la cave, comme le cantal ici.

Je revois les yeux fous du propriétaire, sa joie et son incrédulité :

– À 14 ans, mon garçon ! Tu as réussi cet exploit alors que tu n'as que 14 ans ! Viens à la maison ! Tu bois du vin ?

– Non, Monsieur.

– Tu veux boire quoi ?

– Du lait, Monsieur.

Du haut de son étagère, je l'ai vu attraper une boîte en ferraille. Je croyais que s'y trouvait du lait, mais non, c'étaient des liasses de billets, je n'en avais jamais vu autant ! À l'époque des francs, les gros billets étaient grands ! Je n'avais jamais vu pareille somme !

1 billet.

2 billets.

3 billets…

Il les défaisait de la liasse un à un sur la table devant lui.

Je pense que mes yeux devaient être énormes, agrandis par la surprise et la stupéfaction.

30 billets…

40 billets ! 40 000 francs de l'époque.

– Au fait, t'as un papa ? m'a-t-il demandé.

– Non, ai-je répondu, mon papa est mort.

1 billet.

2 billets…

45 billets au total !

Heureusement ce soir-là, il m'a ramené chez moi. Je n'avais pas peur, non. Mais je n'avais jamais traversé le mellah avec 45 000 francs en poche. À cette époque, c'était l'équivalent de quatre paies d'ouvrier.

En arrivant, j'ai sorti l'argent de ma poche et j'ai dit à maman :

– Voilà ma première paie, je te l'offre.

Jamais je ne l'avais vue pleurer autant. Jamais elle n'avait vu une telle quantité d'argent de toute sa vie ! Pour elle, c'était une fortune ! Et pour nous, cela signifiait un gros changement dans notre vie. L'argent nous a servi à acheter de nouveaux vêtements, à embellir la maison, à acquérir de la nouvelle vaisselle, un nouveau tapis. Nous avons pu faire plaisir à la famille et aux amis proches, et puis nous avons fait une grosse fête évidemment. C'étaient des moments fastes, de ceux qui se présentent rarement dans une vie, de ceux qu'on garde en mémoire. Nos rires résonnent encore dans mon cœur aujourd'hui.

Je grandissais, mon destin m'appelait de jour en jour, l'heure de mon départ se rapprochait dangereusement. Nous le savions tous les deux et nous essayions, malgré la dureté du quotidien, de faire de chacun de ces moments des souvenirs précieux. Encore maintenant, ces souvenirs gardent la même saveur, la même odeur, celle du tissu neuf mêlée à la cire chaude des bougies allumées, chaque vendredi, pour l'entrée de shabbat.

CHAPITRE 4
Hyper Cacher, Caméra 4

Caméra 4 : *Intérieur du magasin, allée n°4 : des clients fuient vers le sous-sol.*

Analyser la situation. Analyse la situation, analyse la situation…

C'est ce que je me répète en boucle. En dix minutes, je suis tour à tour redevenu petit garçon, parfois paniqué mais déterminé, jeune adolescent, pas forcément bon élève mais débrouillard, et enfin le militaire entraîné que j'étais jadis.

Les paroles de maman me reviennent en boucle : « Tu es béni. Il ne t'arrivera jamais rien, mon fils. » Je m'y accroche comme à une bouée de sauvetage. Sans espoir, que nous resterait-il ? Une réalité. Et la réalité, à cet instant, ressemble à l'enfer. Je ne peux me résigner. Je dois utiliser mes connaissances, je dois redevenir l'homme fort et sûr de lui que j'incarnais autrefois. Je dois laisser le poids de mes années à mes pieds, oublier mon âge, mes 70 ans, et repartir au combat, peut-être pour une dernière fois.

Les clients se sont tous terrés en bas, et je prie pour qu'une sortie s'y trouve. Une forte sensation m'envahit, celle de la mort imminente, après tout, nous sommes la cible d'un forcené, nous sommes cloîtrés dans un magasin pour Juifs, comme ils disent, transformé pour l'occasion en un tombeau moderne.

Je triture ma casquette entre mes mains. Les dernières actualités reviennent m'assaillir à cet instant.

Quarante-huit heures nous séparent de l'attentat contre le journal *Charlie Hebdo*. Une fusillade, 11 morts, et leurs visages m'apparaissent à l'esprit, comme si j'allais les retrouver. *N'aie pas peur, ressaisis-toi. Tuerie de masse, tuerie de masse, tuerie de masse, tuerie de masse, tuerie de masse, tuerie de masse…* Ces mots me hantent, encore une attaque contre nous. Cet homme qui se tient à quelques mètres de moi, qui hurle, qui tue… cet homme est là pour mourir. Mais avant, il s'improvise fossoyeur de vies, il doit se faire du Juif pour rejoindre, comme il le croit, son paradis où l'attendent ses 72 vierges, selon le mythe analysé par l'anthropologue Malek Chebel. Malgré tout et malgré moi, je remets ma casquette et je descends rejoindre les autres. Mes yeux furètent, il fait un peu sombre, je ne sais pas si ma vision est brouillée à cause de mon chagrin ou de mon cœur qui s'affole…

120 battements par minute.

130 battements par minute.

150 battements par minute.

… même si je n'ai pas peur. Je me convaincs que ce n'est que ça : un peu d'obscurité. J'ai l'impression que le voile du chaos s'est déjà posé sur nous, j'ai l'impression de déchirer ce voile un pas après l'autre et que rien ne s'offre à moi malgré mon avancée, aussi faible soit-elle.

Une sortie ? Pas de sortie.

J'avise la porte des toilettes et y pénètre. Le mur est en Placoplatre, je connais ça, je sais que ce n'est pas solide. Peut-être que si je m'acharne contre lui, contre la fatalité, une brèche nous permettra de fuir.

Alors je donne un violent coup de pied, du moins aussi violent que mon corps usé me le permet, et un morceau tombe au sol, creusant un trou qu'il serait facile d'agrandir. Mais nous ne sommes toujours pas dans l'un de ces films où il suffirait de creuser discrètement un tunnel pour s'évader.

Je recommence, je donne un second coup de pied. Plus vaillant cette fois, plus assuré, certainement accompagné de tout l'espoir que le premier trou a fait naître en moi. Mais derrière le Placoplatre : le béton.

En sortant des toilettes, je vois les gens affolés se diriger vers les frigos. Je m'en approche moi aussi et je lis la terreur dans leur regard, ils sont morts de peur. J'avise les auréoles d'urine sur certains pantalons et une vision d'horreur me saisit, celle des wagons à bestiaux utilisés pour transporter les Juifs en Allemagne. Enfermés, sans air, sans liberté. Humiliés de minute en minute. C'est peut-être pour cette raison que je ne suis pas rentré avec eux. D'autant, me suis-je dit, qu'il y a deux poignées sur ces portes-là. À quoi bon s'enfermer si, de l'extérieur, le mal peut entrer et nous abattre comme des prisonniers, dos au mur ?

Avec le recul, je ne regrette pas de ne pas les avoir rejoints, et je suis heureux de m'être trompé : les frigos ont été une bonne cachette et des gens s'en sont sortis grâce à eux.

J'avais cette certitude, qui broyait mes entrailles, que les frigos étaient un piège, un piège à rats. Encore une fois, ce sont les images de la « solution finale » qui venaient me hanter. Comme un souvenir. Cela remonte à si loin, pourtant... Je me demande parfois si nos cellules, nos gènes, notre appartenance à ce peuple peuvent nous faire ressentir les sévices subis jadis par ce même peuple. Comment, à un moment pareil, ai-je pu m'assimiler à l'un des miens, autrefois persécuté pour le simple fait d'être juif ? Comment les images ont-elles pu ainsi se superposer ? Celles des frigos aux wagons, puis celles des frigos aux chambres à gaz ? Dans un cas, on meurt de chaud, dans l'autre, on meurt de froid.

Je crois que c'était chez moi la traduction de la peur. Et je crois que beaucoup de Juifs vivent avec cette sensation, avec des souvenirs qui ne sont pas les leurs, avec le poids d'une haine immémoriale pesant sur leurs épaules.

Il faut que je trouve autre chose, une autre issue peut-être. Je repère alors des piles de palettes, je ne réfléchis pas plus loin, je les dispose rapidement, de façon à me créer un espace suffisamment couvert.

Me cacher. Réfléchir. Voilà quelles sont mes deux priorités.

En tournant la tête à la recherche de quelque chose pour me défendre, au cas où, j'avise un grand extincteur. À ce moment-là, tout est brouillé dans mon esprit. Je me vois le décrocher, le décapsuler, m'en servir pour faire exploser une éventuelle sortie de secours. Je me vois aveugler ce fou s'il vient à descendre, et pourquoi pas, le frapper à la tête et nous donner une chance. Mais je fais la seule chose que j'avais à faire : déverrouiller mon téléphone et appeler la police.

J'appelle un proche, qui travaille avec les Renseignements généraux à Orléans. Je lui murmure quelques mots, très brièvement :

– Écoute, on est pris en otage, on est à l'Hyper Cacher de la Porte de Vincennes, appelle les autorités !

Vingt minutes plus tard, la police arrive sur les lieux.

Je profite de ce moment d'accalmie pour appeler la mère de mon ami. Je n'ai aucune idée de ce qu'il est advenu de mon ami, je ne l'ai pas croisé en bas et espère de tout cœur qu'il est parvenu à s'enfuir. Je me sens obligé de prévenir cette pauvre femme.

– C'est Harone, il y a une prise d'otage dans l'Hyper Cacher.

Imaginez-vous décrocher votre téléphone, l'humeur festive à l'idée de recevoir des invités, alors que vos mains s'échinaient quelques instants auparavant à préparer un repas gourmand pour shabbat. Imaginez-vous écouter une voix vous dire que votre enfant est peut-être la proie d'un dangereux criminel. Peu importe que l'enfant soit adulte, voire vieillard. Aucun parent au monde ne peut imaginer ce choc sans l'avoir vécu.

J'entends encore sa voix tremblante et faible à l'autre bout de la ligne : « Oh ! » Et ce moment de silence, interminable, où je l'imagine s'asseoir, les jambes tremblantes, le cœur peut-être vacillant :

– Et mon fils ?

– Je n'ai aucune nouvelle de votre fils.

Je raccroche et appelle aussitôt mon ami, espérant qu'il me réponde vite. Par miracle, c'est le cas :

– Je suis dehors.

– Moi, je suis dedans.

J'imagine qu'il est pris en charge à ce moment-là, mais je me dois de rassurer sa mère, de composer une nouvelle fois son numéro pour lui dire de ne pas s'inquiéter.

« Je suis dedans. » C'est en le disant que je le réalise vraiment. Ça m'a fait l'effet d'une gifle. « Je suis dedans. » Dans quoi ?

Dans l'antre de l'enfer ? Non, pas encore. La merde ? Ça, assurément.

Un tombeau ? Non, pas encore. Pas encore.

Je ne suis que dans un magasin. Et l'espoir n'est pas perdu. Nous sommes encore nombreux à être vivants.

Malgré ses cris, ses gesticulations et malgré les morts, le forcené ne semble pas pressé de nous abattre.

Soudain, des bruits de pas sur les marches de l'escalier me font frissonner. Est-ce lui qui vient nous abattre comme des chiens ?

Mais le pas est souple, hésitant. Je l'entends, je le devine saccadé. Cet homme, ce fou, aurait été plus vif, plus… fou. La jeune caissière apparaît, sa voix tremble.

– Vous devez tous remonter, dit-elle en sanglotant. Sinon, il va tous nous tuer.

Les otages refusent de quitter leur cachette. Seuls cinq d'entre eux se laissent convaincre : un père et son garçon d'environ 3 ans – pour qui le dilemme intérieur dut être horrible –, un couple d'une trentaine d'années et un homme un peu plus âgé.

Cela n'est pas suffisant. Cette fois, nous l'entendons crier depuis l'étage :

– Tout le monde monte. J'veux personne en bas !

J'entends, de mon abri de fortune, le ton monter entre les otages cachés dans les frigos. Quelques-uns obéissent. Parmi eux se trouve un jeune homme d'une vingtaine d'années, au regard apeuré.

«Pour savoir où l'on va, il faut savoir d'où l'on vient.»
Proverbe africain

CHAPITRE 5
La bénédiction des Alaouites

Mon enfance à Fès a été jalonnée de rencontres incroyables, j'ai quand même eu la chance de connaître quatre rois, vous vous rendez compte ?

À cette époque-là, Moulay ben Arafa était au pouvoir. Un « roi fantoche », comme on disait. C'était le petit-cousin du sultan Mohammed ben Youssef, que vous connaissez sous le nom de Mohammed V. Moulay ben Arafa était le roi choisi par le Glaoua, une importante tribu berbère de l'Atlas, avec le soutien du protectorat français. Mohammed V était alors tantôt exilé en Corse, tantôt à Madagascar, car il œuvrait pour l'indépendance de notre pays.

Malheureusement pour Moulay ben Arafa, son règne n'a pas duré longtemps, seulement deux ans. Son règne était violemment contesté par les Marocains. À plusieurs reprises, il a été la cible de tentatives d'assassinat.

Alors Mohammed V est revenu au pays, et ce jour-là… fut sans conteste l'un des plus incroyables de ma vie.

Il faut savoir que nous nous sentions tous très « marocains dans l'âme ». Nous aimions notre pays, nous aimions notre roi et nous aimions nos concitoyens.

Les choses ont un peu changé ensuite, lorsque son fils, Hassan II, a pris le pouvoir. Je l'appelais « Hassan le Sage ». C'était une personnalité plus contrastée, mais c'est sous son règne, en 1965, que les Juifs du Maroc ont été autorisés à émigrer légalement en Israël. Et puis, bien sûr, il y a eu bien après, en 1999, l'avènement de son fils, Mohammed VI.

Chaque jour, je bénis la dynastie des Alaouites qui a tant fait pour nous, les Juifs. Ils nous ont toujours protégés.

D'ailleurs, la communauté juive marocaine, en Israël, s'élève aujourd'hui à près d'un million six cent mille âmes, et je sais qu'elle sera toujours prête à défendre elle aussi le Maroc.

Mon plus grand souvenir est ma rencontre mémorable avec le roi Mohammed V. C'était le 16 novembre 1955. L'avion de notre roi s'est posé à Rabat, « après deux années d'absence », comme l'annonçait le journaliste. Ce jour-là, le commentateur n'a pas fustigé la France, au contraire, ce pays était devenu notre allié, notre ami. Il était question de l'escorte militaire qui encadrait notre sultan, pas de son éviction par ces mêmes Français deux années auparavant. Le retour tant attendu de notre sultan martyr a entraîné une marée humaine, une déferlante de joie et d'enthousiasme. Les Marocains étaient heureux et, à cette époque-là, nos deux communautés entretenaient des relations étroites, presque fraternelles. Les Juifs du mellah vivaient eux aussi l'euphorie de l'instant, nous portions tous une djellaba blanche avec des babouches, nous faisions partie de la même marée humaine.

Et quel honneur le roi nous faisait-il : sa première visite était à Fès, ville de sa naissance ! La grande place, la place du Commerce, était noire de monde, nous attendions tous son passage, Juifs et Arabes mélangés et soudés autour de notre souverain.

Ma famille et moi étions aux premières loges, nous guettions avec impatience le bruit des sabots sur les pavés, et puis nous l'avons vu, juché sur son beau cheval blanc. Il était grand, c'était une grande âme. Et il était bon. Lors de son retour au Maroc, il portait un costume sombre avec une cravate sous sa djellaba, qui n'était pas blanche comme de coutume, mais très colorée. C'était un aveu, celui de la réconciliation avec les Français. Il leur avait pardonné, malgré la séparation forcée d'avec son propre peuple.

Lorsqu'il est arrivé à notre hauteur, il est descendu de son cheval pour s'approcher de nous. C'était notre quartier, la haie d'honneur, c'était ma communauté, une communauté juive, et Mohammed V le savait.

Il a tendu la main vers ma tête et m'a béni. Je n'avais que 12 ans et la main du roi du Maroc était posée sur ma tête, c'était une symbolique très forte. Il a ensuite traversé le mellah sous les acclamations. Les femmes faisaient résonner leurs youyous, les bambins se faufilaient entre les jambes des adultes pour le voir. C'était un jour de grande fête. Les divins fumets salés et sucrés s'échappaient déjà des maisons, les commerçants faisaient étalage de leur savoir-faire, tous auraient aimé couvrir le roi de cadeaux. Nous, nous ne désirions qu'une seule chose de sa part : une prière. Juste une prière pour la paix, pour l'amour.

Je me souviens des pétards que les jeunes garçons faisaient exploser dans les rues.

Boum ! Boum ! Boum !

Dans l'Hyper Cacher, les balles fusaient et les pétards de la fête se sont transformés en une partition de la mort. Il y avait ces mêmes cris de surprise, ces mêmes râles, de terreur cette fois, cette même agitation aux antipodes de la magie et de la fraternité entre nos deux peuples. Il faut croire qu'à ce moment précis, les Juifs ne peuvent plus vivre en paix avec les Arabes.

CHAPITRE 6
Hyper Cacher, Caméra 4

Caméra 4 : *Intérieur du magasin, allée n°4 : Yoav Hattab tente de se saisir d'une arme d'Amedy Coulibaly, mais ce dernier riposte, lui tire dessus et lui donne un coup de pied au visage.*

Le coup de feu nous arrache des cris d'effroi.

Je me suis trompé. Il n'est pas pressé de nous abattre, mais il est clairement résolu à le faire quand même.

J'apprendrai son nom plus tard : Yoav Hattab, 21 ans. Un jeune héros. Sa famille et ses amis diront de lui que c'était un jeune homme charismatique, joyeux, un peu timide.

Ce jour-là, c'est en faisant preuve d'une volonté héroïque rare et précieuse qu'il a perdu la vie.

Le fou est surarmé, Yoav Hattab s'empare de l'une de ses armes, posée sur un carton d'œufs.

Le terroriste est le plus rapide. Je n'oublierai jamais cette affirmation sadique qui a suivi le coup de feu :

– Il ne savait même pas se servir d'une arme !

À ce moment-là, l'un des employés descend à son tour, pour nous dire de sortir de là :

– Si vous ne remontez pas, le terroriste va descendre et abattre tout le monde. Vous avez intérêt à monter ! Vous ne pouvez pas monter par les escaliers ! Quelqu'un a essayé de le désarmer et il s'est fait tuer ! Son corps bloque la porte… On ne peut monter que par le monte-charge !

Il essaie de convaincre les clients de venir avec lui, il est certain de pouvoir les sauver, de les aider à quitter le bâtiment, mais tous refusent, ils ont bien trop peur… Moi-même, je m'y oppose. Et puis, tous craignent que le monte-charge ne fasse un bruit monstre, capable d'attirer le fou présent à l'étage. Alors il prend le transpalette et monte avec. Apparemment, le tueur veut barricader notre unique porte de sortie en empilant des choses devant.

La jeune caissière descend à son tour, et, à l'urgence que je ressens dans sa voix, je sais que là, les choses sont sérieuses. Nous ne pouvons plus nous cacher. Je m'approche donc des autres, pour essayer de leur faire entendre raison :

– Écoutez, il y a des gens en haut qui sont otages, qui sont aussi terrifiés que nous. On n'a qu'à les rejoindre et faire destin commun.

Nous grimpons tous dans le monte-charge. Le moment est venu pour nous d'affronter nos peurs et nos fantômes. Il ne s'agit pas de ces peurs enfantines qu'il faut braver pour devenir l'adulte fort promis par nos parents. Il s'agit d'affronter une peur viscérale, un monstre sans nom et sans visage tapi au plus profond de nous. C'est une peur millénaire, celle qui pèse sur nos origines depuis des temps sans âge. C'est cette peur-là qu'il nous faut combattre.

Mais aujourd'hui, la peur a un visage, la peur est faite de chair et d'os, la peur a une voix. Nous savons qui est notre ennemi. Et une peur humaine est une peur avec des points faibles. Nous pouvons l'affronter, tous ensemble.

Le bruit de la machine nous crispe tous. Je ressens l'inquiétude de mes compagnons. Moi, j'analyse, j'essaie d'échafauder un plan, de bâtir les fondations d'une idée qui pourrait nous sauver. Mon esprit militaire est mis en branle depuis les premiers coups de feu, réveillant en moi des émotions, des sensations que je croyais définitivement enfouies.

Je ne l'ai su qu'après, mais tous ne m'ont pas suivi. Sept personnes sont restées cachées dans le congélateur, dont une maman et son bébé de 11 mois.

Quand nous arrivons à l'étage, le terroriste descend, fusil à la main, pour s'assurer que tout le monde est là. La jeune caissière lui a déjà affirmé qu'il n'y a plus personne au sous-sol. Je comprends alors qu'il a bien trop peur d'aller vérifier par lui-même et que nous profitions de son absence pour retourner la situation à notre avantage. C'est une chance pour ceux restés en bas, qu'il soit seul.

À l'intérieur du magasin, c'est l'hécatombe. Quatre personnes gisent là, dans des mares de sang.

J'ai déjà vu des morts pendant la guerre… Lorsqu'on est soldat, j'imagine qu'on s'attend à tout ça. On n'a jamais vu de guerre heureuse, les hommes tombent, le sang se répand… Malheureusement, c'est la réalité du terrain. En revanche, ce n'est pas une réalité acceptable dans un magasin où l'on vient acheter de quoi manger.

Près du corps de Yoav Hattab, je vois une bouteille de vin explosée. Le liquide carmin dilue la flaque de sang qui s'est formée sous la tête du jeune homme ; les rainures du carrelage forment des chemins où se rejoignent les deux fluides… Et je repense aux tranchées où l'on se cachait, aux sillons creusés dans la terre, qui avalaient le sang de mes camarades.

– Toi ! crie-t-il à l'adresse d'un des employés. Va chercher des sacs de farine.

Le dénommé Jean-Luc descend avec le transpalette. Quand il remonte, la barricade se forme, le piège se referme. Plus question de s'enfuir, plus question de perdre le contrôle. Mais l'a-t-il vraiment perdu jusqu'à présent ?

J'en ai vu des pièges, j'en ai vu des embuscades, mais jamais je n'ai été coincé entre une kalach et des sacs de farine. Si je n'étais pas le Juif face au terroriste, j'en aurais rigolé. Mais je suis le Juif. *Heureusement*, je pense brièvement, *je n'ai pas l'étoile cousue sur mon manteau.* Notre chance tiendrait-elle à cela finalement ? La vérité n'est pas exposée au grand jour. C'est une parole contre une autre. Et si je n'étais pas ce Juif ? Peut-être ne serais-je plus coincé entre le fou et la farine.

– Bougez pas ! hurle-t-il en approchant des chariots. Asseyez-vous !

Les ordres claquent comme les fouets sur du bétail. Mais tout le monde obéit. On renverse les chariots et on s'assied.

Nom. Prénom. Religion.

À mesure qu'on se présente, il récupère nos téléphones.

Quand vient mon tour, quelque chose m'interpelle. Il ne me tutoie pas. Il emploie le vouvoiement. Pourquoi ? Peut-être parce que, à l'inverse de mes camarades, je ne suis pas mort de peur. Je comprends leur angoisse, bien évidemment. Certains n'ont jamais vu la violence, les plus jeunes n'ont même jamais eu à subir les conséquences d'un conflit religieux. Dieu les en préserve. Moi, j'ai vécu l'un et l'autre, j'ai participé au deux, de mon plein gré. Je connais ça. Et à ce moment-là, je n'ai pas peur. Je n'ai pas envie de mourir, je ne veux pas voir mon prochain mourir. Mais je n'ai pas peur. Et je crois que cette sorte de quiétude détonne parmi les autres. Je l'ai vu lorsque nos regards se sont croisés, il a fléchi. Un instant minuscule. C'est comme si se dessinait sous mes yeux une très fine et très petite fêlure, zébrant sa détermination de fanatique.

– Vous ! Venez, venez, approchez.

Sa voix se fait doucereuse, mais il a la kalach bien en main. Donc, j'approche. *Ne plus être le gibier traqué... Renverser la situation...*

– Vous, d'où vous êtes, vous ?

– Moi ? Je suis du Maroc.

J'essaie de paraître le plus détendu possible, j'essaie de faire suinter l'évidence de mes mots. Il FAUT que ce soit une évidence, il FAUT que la fêlure s'agrandisse un peu...

– Alors vous êtes musulman ?

Question rhétorique. Pour lui, je comprends qu'on ne peut pas être juif et marocain. Je vois l'espoir ténu qui brille dans ses yeux, je ressens presque ce besoin qu'il a d'avoir un allié, et au fond de moi, je me dis : *C'est quoi ce terroriste de bas étage ?* Je ne minimise pas ses actes, les cadavres sont sous mes yeux, mes frères sont là, étendus au sol. Mais je comprends que c'est une chance. Son corps est entraîné, musclé... son esprit est conditionné. Mais c'est une pauvre âme embrigadée. En réalité, il ne sait rien de la religion qu'il défend, il ne sait rien des pays arabes. C'est un inculte. Et c'est une chance pour nous.

– Bien sûr que je suis musulman !

J'essaie d'adopter cette attitude condescendante qui est la sienne, je l'analyse, mon corps le copie.

– Mais enfin ! Tu doutes une seconde que je suis musulman ?

Et là, je sais que la fêlure gagne un peu de terrain. J'ai l'impression de jouer à la roulette russe, au moindre faux pas, la balle se logera dans mon crâne. Mais je sens aussi que je dois le tester, je dois vérifier si mon intuition est la bonne, si nous avons une chance, même minime, de nous en sortir. Alors je renchéris :

– Non seulement je suis musulman, mais en plus je suis *moussaoui*.

Et là, je sais. Il ne réagit pas. Il n'a donc pas compris.

Être *moussaoui* signifie être le fils de Moshé, Moïse.

Malheureusement, il me semble que la plupart des otages ne comprennent pas non plus. Peut-être ne m'entendent-ils pas, peut-être que la peur, tellement présente en eux, a figé leur esprit dans une sorte d'état secondaire ?

Lui croit que je suis vraiment musulman. C'est comme si, d'un coup de baguette magique, nous étions devenus des amis de longue date, des frères d'armes, comme on disait en temps de guerre. Je me rappelle alors que nous sommes en effet en guerre. Il ignore seulement que nous ne sommes pas dans le même camp.

J'essaie de me démarquer des autres, eux sont livides, je sens que je suis le seul à pouvoir nous faire gagner du temps, à faire reculer la menace. Dehors, les policiers sont sur le qui-vive, nous devons rester vivants le plus longtemps possible.

Je prends donc la décision de ne pas m'asseoir avec eux, et Dieu comme mon cœur s'est serré en décidant cela… Je ne dois pas leur parler ni les regarder. Je ne dois avoir d'yeux que pour lui, pour qu'il comprenne que je l'admire. C'est ma façon à moi de gagner ce temps précieux dont la police a besoin. Le faire parler, le questionner, l'écouter, faire passer le temps.

Le temps… on en parle tous les jours.

D'ailleurs, les rayons des librairies ploient sous le poids des essais qui parlent du temps, de notre manière de le perdre, de leurs conseils pour le retrouver. « Le temps passe trop vite », pense-t-on en regardant nos enfants grandir. « J'ai pas le temps », se plaît-on à dire au moins une fois par jour. Les gens veulent des conseils, des astuces, des manières d'économiser ce temps si précieux qui nous file entre les doigts. De plus en plus, ils comprennent que c'est un cadeau de la vie et qu'ils devraient en profiter davantage.

À ce moment-là, je suis à un carrefour. D'un côté, j'aimerais, pour une fois, que le temps file à la vitesse de la lumière, et de l'autre, je sais que je dois faire durer cette conversation, ce moment, aussi longtemps que possible.

Je rapproche deux petits tabourets, tourne presque le dos aux autres otages. Physiquement, je me suis désolidarisé d'eux. Pour « gagner du temps ». Une expression que j'ai désormais en horreur.

– Quel est ton nom ?

– Amedy. Amedy Coulibaly.

– Amedy, viens t'asseoir près de moi.

Et le fou prend place. Fou, inconscient ou juste complètement absurde.

Il s'assied près de moi, posant ses deux fusils à mes pieds. Pour voir si j'ai peur ou me tester. Pour voir si les armes m'intéressent et si je suis capable de m'en servir contre lui. Mais je reste impassible, je le regarde, lui. Pas ses armes. Je sais qu'il serait plus rapide que moi. Il est plus fort, plus vif, plus entraîné que je ne le suis aujourd'hui. Mais je suis plus malin. Il tourne alors son visage vers les otages, tous assis sur les caddies.

– Vous les Juifs, vous tuez les enfants de Gaza. Mais moi, j'ai tué plein de soldats français, j'étais au Niger, j'étais en Syrie, j'étais au Yémen… Mon imam m'envoie tuer des Juifs, aujourd'hui… Un maximum de Juifs.

Je sais déjà que sa résolution est sans faille. Son discours brouillon le confirme : il est le sicaire d'Allah. Mais un détail finit de me convaincre, un détail perceptible pour celui seulement qui se trouve à ses côtés : son haleine empeste les médicaments.

Et là, je comprends qu'il peut réellement tous nous abattre, même si je perçois la fêlure dans sa carapace. Sous l'emprise de la drogue, nous ne pouvons rien.

Mon esprit bouillonne de toutes ces informations, mon passé vient me faucher de plein fouet. Je me souviens du bruit des tanks, de l'odeur de renfermé, de la promiscuité et de cette excitation à l'approche du combat…

CHAPITRE 7
Tu seras un héros, mon fils

1961, Maroc, mellah de Fès

Aujourd'hui, j'ai 17 ans.

Dans ma famille, nous avons toujours vu Israël comme une terre d'accueil, une terre bénie pour les Juifs. En 1947, mes oncles y sont partis, tous les hommes de ma famille ayant fait leur service militaire ont toujours eu ce pays vissé au cœur, comme une ligne d'horizon.

J'ai grandi ainsi et mes convictions politiques en ont découlé. Nous sommes une famille sioniste et, à l'approche de la majorité, ce mouvement politique et religieux est ancré en moi. Être sioniste n'est pas une idéologie, être sioniste signifie désirer et soutenir la création d'un État juif en Terre d'Israël. Beaucoup d'hommes et de femmes en politique aujourd'hui se servent du sionisme comme de la crème chantilly sur une gaufre. Nous diabolisant au passage. Tous les Juifs israéliens ne sont pas sionistes.

En 1948 a été créé l'État d'Israël. Un sioniste défend l'idée que cet État n'appartient pas aux citoyens qui y habitent mais à tous les Juifs qui souhaitent y trouver refuge. Il défend donc la « loi du retour » : tous les Juifs exilés doivent pouvoir retourner y vivre. Les premiers conflits avec la Palestine sont nés là, lorsque les frontières ont été délimitées.

Au Maroc, les choses ont commencé à changer en 1960. Depuis cette année-là, les Juifs n'ont plus le droit de se réunir dans des locaux, le scoutisme est également interdit. Le Premier ministre marocain, Abdallah Ibrahim, interdit même les échanges de courrier entre le Maroc et l'Israël. La violence envers les Juifs gagne du terrain, tout comme en intensité. On peut voir écrits dans des journaux des titres tels que « Les Juifs ne méritent même pas le nom d'hommes » ou « Les Juifs sont des puces, des renards, des usuriers, ils ont une insatiable soif d'argent ».

La Seconde Guerre mondiale est terminée, pourtant, nous ne sommes toujours pas acceptés, pas même dans le pays qui nous a vus naître et grandir. Des jeunes filles juives disparaissent avant de se voir converties de force à l'islam, certains jeunes sont arrêtés sans raison, et tout est prétexte à nous insulter et nous violenter.

Je n'ai pas connu ces extrêmes dans le mellah où je vivais, mais nous sentions le regard des Marocains changer.

En 1961, le roi Hassan II a de nouveau autorisé l'émigration jusqu'alors interdite, et les Juifs sont partis par centaines vers les États-Unis, le Canada, l'Espagne, la France et Israël.

22 novembre 1962. 18 ans à peine

Il pleut ce jour-là. Ma mère et mon beau-père m'accompagnent à la gare de Fès, car je dois me rendre à Tanger où m'attend un bateau. Il est temps pour moi de partir, d'accomplir mon destin et de faire mon service militaire à mon tour.

Quand je monte dans le train, mes parents pleurent, moi, je suis heureux. Je me sens encore plus homme qu'avant. Je me suis toujours senti homme, depuis mes 10 ans, mais là, c'est sérieux. Je sais ce qui m'attend au bout du chemin : la guerre.

J'en ai conscience et je me sens prêt pour ça. À mesure que le train s'éloigne, ma mère devient toute petite, ses paroles résonnent en moi, comme un écho bienfaiteur.

« Tu es béni. Il ne t'arrivera rien, mon fils. »

Et je lui promets silencieusement que, non, il ne m'arrivera rien, que je reviendrai en héros.

Quand j'arrive à Tanger, la pluie a cessé, le soleil peine à percer, mais je m'en fiche, je suis heureux. Jamais je n'ai pris le bateau. J'ai en main mon passeport marocain, et je suis fier. Je marche le long de l'embarcadère, je respire l'embrun marin et m'en emplis les poumons. C'est la première fois que je vois l'océan, que je le respire, quelle douce sensation ! Le sel me gerce un peu les lèvres, mais encore une fois, peu m'importe, je me sens libre, j'ai l'impression que plus rien ne peut m'arriver parce que mon destin m'attend, parce que je m'en rapproche chaque jour un peu plus. Mais la vie dans le mellah m'a aussi appris une chose, tout comme ces derniers mois de violence envers les Juifs dans mon pays : la méfiance et la prudence.

Des bruits de pas réguliers résonnent dans mon dos. Le bruit, porté par le vent, ne laisse aucune place au doute : je suis suivi. Ils sont deux : des hommes du service des Renseignements à n'en pas douter, ils ont l'ordre d'arrêter les sionistes comme moi.

J'analyse. Il y a peu d'affluence sur l'embarcadère, et mon bateau n'est pas loin. À droite se trouve l'océan, à gauche des containers, des palettes et des véhicules. Alors par réflexe, je plonge entre deux rangées de scooters. Je les vois s'approcher, froncer les sourcils et je les entends s'exclamer en français :

– Bon sang ! Mais où est-ce qu'il est parti ? Il nous a échappé ! Comment il a fait ?! Comment a-t-il su qu'on le filait ?

Quand ils sont suffisamment loin, je sors de ma cachette et je me dépêche d'embarquer. Peu de temps après, le bateau lève l'ancre. Je vois mon pays s'éloigner, mon beau pays. Je suis rassuré de constater que je ne suis pas malade. Je peux observer les contours de la côte se rapetisser. Je ne ressens pas de nostalgie ni de tristesse, il me tarde de voir de nouvelles lignes se dessiner devant moi. Comme celles de la main. Je quitte une ligne de vie pour une autre. Et puis, non seulement Algésiras m'attend mais avec elle un ami qui doit m'accueillir et me guider.

Malheureusement, si ma vie au mellah m'a bien appris la méfiance et la prudence, si elle m'a appris la débrouillardise, elle ne m'a pas encore initié aux espoirs déçus et aux douches froides. La première étape de mon périple est donc celle de la désillusion.

Moins de deux heures après mon départ, Algésiras se découpe à l'horizon et mon cœur s'emballe tant je suis excité. Pourtant, lorsque je mets pied à terre, comme un jeune moussaillon débarquant au Nouveau Monde, personne.

Je descends du quai, je cherche, j'attends… mais je me rends à l'évidence : personne ne m'attend. Aucun ami, aucun contact.

Je ne panique pas, à quoi bon ? J'observe, j'analyse.

Ici, tout le monde parle espagnol, pas moi. Je me souviens de quelques mots que j'aurais pu retenir en écoutant ma mère le parler, les chansons qu'elle fredonnait, mais rien ne me vient. À proximité du port, j'aperçois un vieil homme qui lit son journal.

– Monsieur ? Vous parlez français ?

Il m'observe un instant et hoche la tête. Je tente le tout pour le tout :

– Écoutez, je vais vous raconter une histoire… une drôle d'histoire, j'en ai conscience… Je viens du Maroc, je vais en Israël, je vous dis la vérité. Quelqu'un devait m'attendre ici, mais il n'y a personne…

Quelques secondes s'écoulent avant qu'il me réponde. J'ai conscience que je viens de déballer mon histoire à quelqu'un que je ne connais pas. L'émigration des Juifs du Maroc n'est un secret pour personne et beaucoup d'Arabes vivent en Espagne. Je ne sais pas si cet homme est digne de confiance ou non.

– Ne vous en faites pas, me répond-il avant de se lever et d'entrer dans un petit café.

Je le vois téléphoner et quand il revient, il me dit :

– Dans dix minutes, quelqu'un viendra vous chercher, restez là, ne bougez pas.

Plusieurs hypothèses me traversent l'esprit, dont la plus effrayante : *Il a appelé la police, ils vont m'embarquer*. Je me tiens sur mes gardes, prêt à détaler aussi vite que possible au moindre fait suspect. Et pourtant, au fond de moi, j'ai la sensation d'avoir frappé à la bonne porte. Et j'ai eu raison. Dix minutes plus tard, une voiture s'arrête à ma hauteur.

– Monsieur Harone, me salue le chauffeur, je vous en prie, montez avec vos bagages.

Nous quittons le port alors que la pluie tombe à nouveau. Puis il me dépose à quelques kilomètres de là, dans un petit hôtel miteux. Je suis rassuré d'être là, je vais pouvoir me mettre au chaud et à l'abri. Je me dis que s'il m'avait dénoncé, je ne serais pas là, il m'aurait immédiatement remis aux mains de la police et ne serait certainement pas venu seul.

À peine ai-je franchi le seuil qu'un homme accourt vers moi en s'exclamant :

– Harone ! Au moins dix personnes vous cherchent sur le port ! Où étiez-vous passé ? Personne ne vous a reconnu !

Et là, je me rends compte de ce que je porte : une chapka, comme les Russes. Pas étonnant que personne ne m'ait reconnu !

Il me fourre une petite clé en argent dans la main et me guide jusqu'au premier étage :

– Voilà votre chambre !

Il ouvre la porte avec un grand sourire plaqué sur ses lèvres, et moi, je vois l'eau qui goutte depuis le plafond jusque sur la moquette. Mais ça m'est égal, je suis là où je dois être.

Il semble vraiment heureux de me voir et son flot de paroles ne se tarit pas, sa joie en est presque contagieuse :

– Harone, prenez une bonne douche. Ce soir, je vais vous présenter à plein de monde, beaucoup veulent vous rencontrer et discuter avec vous ! Dépêchez-vous de vous changer et venez me retrouver dans mon bureau !

Je le rejoins donc dans son bureau et là, mon cœur et mon esprit sont en fête : derrière lui se trouvent de nombreuses bouteilles de vin israélien, dont du Carmel Mizrahi, du vignoble Carmel Winery, fondé en 1882. C'est le plus important producteur de vin là-bas. À ce moment-là, je me sens en sécurité, parce que je comprends vraiment que ces gens-là font partie d'un organisme qui travaille avec Israël. Il m'explique brièvement la suite des événements, entre deux verres de vin : le lendemain, ils me conduiront au port et là, je prendrai un autre bateau qui me mènera directement à Gibraltar. C'est apparemment de là que partent les navires à destination d'Israël.

Je suis heureux, mon voyage se poursuit, pourtant, je ne suis pas rassuré. Je n'ai pas peur de ce qui m'attend, peut-être est-ce juste un peu de lassitude. Je rencontre des gens incroyables, j'ai conscience d'être chanceux, jusqu'ici il ne s'est rien passé de fâcheux. Mais je reste juif. Et j'ai conscience que les miens ne sont pas forcément les bienvenus. J'ai un mauvais pressentiment, je n'aime pas trop ce que je ressens au moment où je monte dans ce nouveau bateau, et je sais que mes impressions me trompent rarement.

Ce jour-là, une jeune musulmane est assise près de moi, elle doit être à peu près du même âge que moi. Nous offrons, je le crois, un joli tableau. Nos religions nous importent peu et nous parlons un peu de nous, elle m'inspire confiance et je ne peux m'empêcher de lui faire part de mes craintes :

– Je suis sûr qu'à Gibraltar il va y avoir un problème.

La phrase est sortie, je me sens soulagé d'avoir lâché les mots. J'espère que le vent les emportera vers d'autres continents, loin de moi. J'espère me tromper, ne pas avoir donné vie, donné corps à ce ressenti. J'aurais peut-être dû me taire plutôt que de verbaliser mes sentiments, au moins cette fois-là.

– Non, il n'y aura pas de problèmes, je suis avec vous. Si vous avez un problème, je vous emmène chez moi.

En regardant autour de moi, je me dis que je ne trouverai personne là-bas.

1962, c'est la troisième alyah, la troisième grande vague de départ des Juifs vers Israël. Des centaines et des centaines d'entre nous débarquent ainsi chaque jour à Gibraltar. Personne ne pourra me reconnaître.

En arrivant, je sens mon cœur se serrer. C'est à peu près l'accueil que j'avais imaginé : de la méfiance, de la peur et aucune compassion.

Gibraltar n'appartient ni aux Espagnols ni aux Arabes. Elle est aux mains des Anglais et, lorsque nous débarquons, ils nous accueillent en hurlant. Une seule phrase revient sans cesse, crachée dans leur langue, mais aussi dans la nôtre :

– Ouvrez vos valises ! Ouvrez vos valises !

Qu'espèrent-ils trouver ?

L'un d'eux m'arrache ma valise des mains, défait les loquets et vide le contenu au sol. Tout le contenu. Il n'y a que des vêtements, quelques stylos, un ou deux livres et des produits de toilette. Et eux fouillent, fouillent, comme si des armes s'y trouvaient, ou n'importe quel autre produit susceptible de me mettre en porte-à-faux. Je n'ose pas prononcer un seul mot. Un peu plus loin, la jeune fille du bateau me rassure, je peux lire sur ses lèvres : « Ne t'en fais pas. »

L'homme remet pêle-mêle toutes mes affaires dans ma valise avant de hurler à nouveau :

– Partez ! Partez !

Une image m'assaille chaque fois que l'un d'eux hurle : je vois non pas des Anglais mais des Allemands. Je suis né pendant la Seconde Guerre mondiale, je n'ai pas connu les SS, mais je connais l'Histoire, celle qu'on nous enseigne à l'école et celle qui accable mon peuple. Si j'avais vu un SS, un soldat nazi, je crois que j'aurais pu les comparer.

Une fois ma valise en main, je cherche désespérément la fille du regard, mais elle a disparu. Je me plais à croire qu'elle était là comme un ange gardien, une gardienne musulmane, ironique, vu ma situation. Une fois de plus, je me retrouve seul. J'observe les voitures qui soulèvent la poussière des rues, les gens qui marchent vite, tête baissée... Je suis insignifiant ici, seul et perdu au cœur d'une ville que je ne connais pas et où personne ne me cherche. Je hèle un taxi et je me sens un peu démuni : je ne parle ni anglais ni espagnol. L'homme me regarde et dit :

– *Judío*[10] ?

Je hoche la tête, je comprends tout de même quelques mots et ça me rassure.

---

10 « Juif », en espagnol.

– *¿Estás perdido*[11] *?*

Encore une fois, je hoche la tête. Dans un français approximatif, il me dit :

– Monte.

Je ne sais pas qui il est ni pourquoi il m'aide, mais il m'inspire confiance. Alors je monte à l'arrière avec ma valise. Quand le véhicule s'arrête après plusieurs minutes, je lui tends un billet pour la course. Ce que je vois ne me rassure qu'à moitié. C'est un camp. Un lieu où s'entassent les Juifs désireux de gagner Israël.

Je m'approche d'un petit bâtiment de fortune pour me présenter et obtenir quelques renseignements. Le directeur m'accueille avec une exclamation en français qui me surprend :

– Monsieur Harone ! On vous attendait ! On vous a cherché partout !

Devant mes sourcils froncés, il ajoute :

– On a envoyé un émissaire, mais il ne vous a pas reconnu ! Vous savez, on est débordés !

Mon cœur retrouve un rythme cardiaque normal, le soulagement me gagne en songeant au fait que si quelqu'un m'attendait, il n'aurait pas pu me reconnaître dans pareille cohue. Sans attendre que je me remette de mes émotions, sans même me proposer ne serait-ce qu'un verre d'eau, il ajoute, sans cesser de s'agiter :

– Est-ce que tu veux m'accompagner à l'aéroport ? On aide 200 personnes à embarquer pour Marseille, en France, tu veux nous aider ?

L'action.

Je suis là pour ça, pour aller faire mon service militaire, pour être sur le terrain. Évidemment, j'ai sauté sur l'occasion de faire

---

11 « Tu es perdu ? » en espagnol.

mes preuves, même si ce n'était pas nécessaire. Je voulais qu'on me trouve utile, être indispensable. Apprendre à devenir le héros que je voulais être.

À l'aéroport, j'aide les Marocains parce que je parle arabe, j'aide les Juifs, les Français aussi. Je fais du bon travail, je me démène, et quand l'avion décolle, avec le directeur, nous nous regardons d'un air entendu. Il est satisfait, et moi aussi.

Nous retournons au camp qui n'est pas très loin, juste devant le grand rocher de Gibraltar.

– Monsieur Harone, vous m'avez été d'une aide précieuse aujourd'hui ! Demain, je vous montrerai le hangar, là. Vous pourrez choisir tous les vêtements que vous voudrez !

Je suis ravi. En effet, dans ma valise, la quasi-totalité de mes vêtements ont été traînés dans la boue par les Anglais, je n'ai plus rien de propre.

Puis le directeur revient, toujours avec ce sourire accroché aux lèvres.

– Monsieur Harone, c'est shabbat ce soir, je serai ravi de vous avoir à dîner à la maison.

– Bien sûr, pas de problème.

Moi, je suis toujours partant pour découvrir le monde, pour apprendre de ceux qui m'entourent et qui, en plus, me laissent ma chance. J'ai 18 ans à peine, je suis convaincu de commencer à faire mes armes ici, dans ce camp de transit. Je sais que les efforts déployés ne seront pas vains. Et j'aime qu'on puisse compter sur moi.

Le lendemain, nous nous rendons à la synagogue près de Main Road, une construction époustouflante, avec un hejal drapé d'or. C'est la première fois que je monte au temple où se trouvent les rouleaux de la Torah dans un pays étranger. C'est émouvant de vivre un shabbat empli de spiritualité, dans une famille qui n'est pas la mienne, mais qui me la rappelle beaucoup.

– Harone, je vous attends lundi matin dans mon bureau à 9h, ça ira pour vous ?

Je hoche la tête, sans savoir ce qui m'attend, mais je suis confiant, je n'ai pas peur de l'avenir et je me dis que peut-être Israël peut attendre encore un peu. Je sens que j'ai quelque chose à accomplir là avant de partir. Certainement une façon pour moi de vivre quelques expériences avant le grand départ.

À 9h, j'entre dans son bureau, il m'accueille avec son éternel sourire et sa bienveillance habituelle. Je le vois triturer ses mains quelques secondes avant de se lancer et je sais que ce qu'il va me demander est un sacrifice.

– Harone, on a besoin de vous ici, quelques mois tout au plus... Sachez que vous aurez un salaire incroyable, vous aurez accès à tout ce que vous voulez.

Un blanc s'impose dans la conversation avant qu'il reprenne :

– Écoutez, vous êtes capable d'installer des chauffe-eau électriques, il me semble ?

J'ai réfléchi aux conditions de vie dans le camp. Il n'y a pas d'eau chaude. L'idée de centaines de Juifs parqués dans un camp me gêne profondément, toujours assailli par l'histoire de mon peuple, accablé de souvenirs qui ne sont même pas les miens. Alors, je réponds en souriant à mon tour :

– Bien sûr, je connais les installations électriques. Je veux bien donner un coup de main, de combien de litres d'eau avez-vous besoin ?

– Autant qu'il en faut pour 200 à 300 personnes.

J'acquiesce et nous nous serrons la main.

La semaine suivante est aussi folle que ce que j'imaginais. Nous faisons des allers-retours chez le grossiste, achetons le nécessaire et, la semaine suivante, les douches fonctionnent à l'eau chaude. C'est une petite révolution, le directeur est impressionné et tellement heureux !

– Vous allez rester avec nous, Harone !

À ma manière, j'ai l'impression de rendre justice à nos familles déportées dans des camps vingt ans auparavant. Je suis fier de moi, heureux de participer aux conditions de vie de ces migrants. La douche est de loin la chose la plus importante. J'ai toujours considéré l'eau comme le meilleur moyen de faire peau neuve, et c'est ce que ces gens cherchent en arrivant ici : changer de vie, devenir quelqu'un d'autre, se réinventer en tant qu'homme et citoyen, se construire un avenir différent. La douche a ce pouvoir sur l'esprit. Elle coule le long de votre corps, elle enlève la crasse de votre peau, le poids de vos épaules et la misère qui vous enveloppe. Votre moi d'avant tombe à vos pieds dans un mélange crasseux et lorsque l'eau s'arrête, vous êtes quelqu'un d'autre, une version plus nette de vous-même, moins floue et plus assumée. Je suis content de participer à cette transformation. Et voir les nouveaux arrivants et les anciens, le sourire aux lèvres après leur douche, me met du baume au cœur.

Je parviens à téléphoner régulièrement chez moi, et la voix de ma mère a ce pouvoir de m'ancrer dans cette réalité. Je suis complètement grisé par cette aventure inédite et elle l'est autant que moi. Mais chaque fois que j'entends le son de sa voix, chaque fois qu'elle me félicite, qu'elle me dit combien elle est fière, j'ai envie d'en faire encore plus. Et mon objectif me revient alors à la figure comme un boomerang : gagner Israël.

Un matin, je me lève avec cette détermination vissée aux entrailles : il est temps pour moi de partir. J'ignore comment on peut se lever un matin, comme tous les autres matins, et décider de changer de vie. La nuit porterait-elle vraiment conseil? Je me suis vaguement demandé comment le subconscient agit sur les décisions importantes, sur la motivation d'y arriver en posant un pied au sol au lever du jour. Ce jour-là, je suis donc allé trouver mon directeur:

– Il faut que je rentre. Mon but, c'est l'armée, je suis parti pour être militaire. Dans ma famille, on est tous militaires... il est inenvisageable que je ne le sois pas.

C'est en parlant que je me surprends à dire: «Il faut que je rentre.» Rentrer. Un verbe inexact, car jamais je n'ai mis un pied là-bas. Pourtant, je ressens mon périple comme un retour aux sources, un retour au bercail. Israël, la patrie de mon cœur, une maison que je retrouve sans jamais l'avoir trouvée.

Je prends donc un bateau pour Marseille. Je ne le fais pas seul, mais avec des dizaines d'autres migrants.

Une fois à Marseille, encore un camp. Celui-ci ressemble à l'idée que je me faisais d'un camp de concentration moderne. La neige n'aide pas, au moins 40 centimètres de poudreuse crissent sous nos pas. Dans ce camp-ci, je ne peux pas me rendre utile comme à Gibraltar. On se chauffe avec un vieux poêle d'époque, grâce à un unique seau de charbon distribué en fin de journée. Il fait extrêmement froid, heureusement j'ai avec moi assez de vêtements chauds, mais c'est plus fort que moi, il faut que je m'occupe. Un gros marché existe près d'ici, concernant l'électroménager. Marseille est en quelque sorte une plaque tournante, les gens achètent ces produits en Europe puis les transfèrent en Israël. Alors j'accompagne les autres dans les magasins spécialisés, dans les grandes surfaces. On achète de l'électroménager, du mobilier, et tout ça part en direction d'Israël.

Enfin, le jour est venu de partir, pour de bon cette fois.

Adana. C'est le nom du navire turc sur lequel nous embarquons, du même nom que la ville en Turquie.

Nous sommes alors en février 1963, et le temps est terriblement peu clément. Je peux voir des vagues de plus de sept mètres de haut, des passagers malades qui vomissent par-dessus le bastingage, ceux qui s'attachent à leur propre lit de peur d'être emportés et blessés contre les murs de leur cabine. C'est une image du chaos. Qui ne m'impressionne pas. Je parviens à me déplacer, à gagner le réfectoire, à braver la tempête. Je pars pour faire la guerre, pour prendre les armes. Je ne peux être à la merci des vagues et du ciel menaçant. C'est pour moi une épreuve. Jusqu'ici, tout n'a été que mise à l'épreuve, mais j'ai bien l'intention de la relever fièrement. Lorsque les vagues cessent de brinquebaler le navire en tous sens, deux musiciens jouent de la guitare, des Turcs, et chantent dans leur si jolie langue. Ce sont des moments précieux au cœur de la tempête. Les notes et les chants venant tout droit du désert s'élèvent sous l'orage, et je ressens des bouffées de joie à chaque fois. Eux aussi apprécient l'aide que je peux fournir, peu d'entre nous gardent la forme avec le tangage des flots, alors nous aidons ceux qui en ont besoin.

Ce n'est que dans les eaux qui bordent la Grèce que le temps devient plus clément. Notre voyage aura duré cinq jours, qui en paraissent le double ou le triple selon l'état de fatigue que je constate chez les autres passagers.

Et puis, à la fin de la cinquième journée, Israël se découpe à l'horizon. Je ne saurais décrire le bonheur immense qui déferle sur le pont, faisant bondir les cœurs dans nos poitrines.

Le mont Carmel nous apparaît pour la première fois, tout illuminé, et ses lumières font briller nos yeux. C'est l'instant de la consécration d'un rêve.

Ce soir-là, nous organisons une grande fête sur le pont, la mer est calme, la température suffisamment agréable. Et puis l'espoir et la joie nous réchauffent. Nous chantons tous en hébreu, nous dansons, c'est vraiment l'apothéose pour nous, un sentiment bien plus puissant que tout ce que nous avons pu expérimenter jusqu'alors. Nous arrivons en Terre sainte, celle de nos ancêtres, celle de notre Dieu.

– Vous débarquerez demain matin à 6h.

Je ne crois pas que beaucoup soient parvenus à fermer l'œil cette nuit-là.

Une fois les formalités du débarquement passées, je me retrouve de nouveau seul sur le port de Haïfa. Une jeep s'arrête à ma hauteur :

– Monsieur Harone ?

– Oui.

– Montez.

Je ne pose pas de questions. L'homme au volant juge tout de même bon de me donner quelques précisions :

– On a des consignes, nous savons qui vous êtes. Nous savons que vous avez un oncle à Ramla, que vous devez aller chez lui, ensuite, vous rejoindrez l'armée.

Le plan me paraît le bon, je suis confiant, et l'ivresse d'être arrivé à destination m'enhardit.

Nous roulons sur l'ancienne route de Tel-Aviv, puis bifurquons en direction de Ramla. La ville qui s'offre à moi est une ville arabe, très jolie, et qui porte son nom… Ramleh, Ramla, Ramel… le sable.

Un peu plus loin au bord de la route se dresse un kiosque et l'odeur qui s'en échappe fait gronder mon ventre. Un monsieur se tient derrière son comptoir, vêtu d'une djellaba marocaine. Il vend, comme sur un étal de marché, des falafels.

Je m'approche de lui, sûr de moi. Je suis en Terre sainte et je parle l'hébreu biblique, nul doute que les choses seront plus faciles pour moi qu'en Espagne ou en France. Je me présente, je vois la surprise se peindre sur son visage et un sourire étirer ses lèvres, creusant deux fossettes dans ses joues.

– Tu es Harone !

– Comment savez-vous qui je suis ?

Et là, l'incroyable se produit : cet homme est en réalité le mari de ma tante. Il m'apprend que mon oncle est cuisinier et que, lui, est chargé de m'intercepter.

– Et toi, tu as le réflexe de venir me voir ! poursuit-il, toujours aussi surpris et ravi. Nous allons rejoindre ta famille, mais avant tu vas manger un falafel !

Je n'avais jamais mangé de falafel de ma vie, et bon sang, qu'est-ce que c'était bon !

5 mai 1963

Mon premier arrêt avant d'être enrôlé est chez un coiffeur ashkénaze à Petah Tikvah, une ville située au nord-est de Tel-Aviv. La technique est simple pour lui : nous mettre un bol sur la tête et couper les cheveux tout autour… Quand je me suis vu, j'ai immédiatement pensé aux prêtres chrétiens. La chose m'a un peu amusé sur le coup. Puis je me suis adressé à la base de Tel HaShomer, « La Colline de la Garde », baptisée ainsi d'après HaShomer, une organisation de garde et de défense des implantations juives, dissoute en 1920. Nous sommes extrêmement nombreux, le mois de mai est le mois de l'engagement, et des Juifs venus de tous les horizons se bousculent pour intégrer les forces armées. La sélection dure au total une semaine.

Je me dirige d'abord vers l'armée de l'air, mais les responsables me font comprendre que je n'ai pas les capacités requises pour ce corps-là, mêmes constats pour les autres unités.

Au terme de cette semaine, nous sommes quelques-uns à avoir été mis de côté, ni acceptés ni refusés. L'armée nous réserve un rôle, mais nous ne savons pas encore lequel. Un commandant s'approche alors, le visage sévère, mais le regard pétillant :

– Vous ! s'exclame-t-il, on vous a choisis parce que vous êtes petits !

C'est bien la dernière déclaration à laquelle je m'attendais.

– Vous rentrerez facilement dans les tanks !

L'armée de terre a finalement accepté de nous enrôler comme combattants de la cavalerie blindée.

Et c'est vrai que le trou dans lequel il faut se faufiler pour entrer dans un tank est vraiment petit !

La brigade qui m'attend est la 7e brigade mécanisée, Sheva. Commandée par Herlz Shafir.

Je connais la réputation de cette brigade. En 1948, elle était l'une des forces de combat les plus implacables. Équipée de jeeps, de voitures et de mitrailleuses, la brigade s'est depuis constitué un attirail encore plus lourd grâce aux victoires remportées sur le terrain, notamment des chars américains M4 Sherman, produits en 1942.

L'historien israélien Ilan Pappé écrira à propos de cette brigade : « *Dans de nombreuses histoires orales palestiniennes qui sont maintenant mises en évidence, peu de noms de brigades apparaissent. Cependant, la brigade sept est mentionnée à maintes reprises, avec des adjectifs tels que "terroriste" et "barbare".* » Il n'a pas fondamentalement tort, pour moi ce sont les meilleurs, d'un point de vue extérieur, ce sont des kamikazes.

Pourtant, l'une des choses qui me marquent le plus sur place, c'est la bonne ambiance qui règne entre nous. Nous sommes plus que des camarades, pas des amis, car il faut tout de même s'attendre à croiser régulièrement la mort, mais nous sommes des frères d'armes. Nous luttons pour une seule et même cause : Jérusalem.

Nous sommes brillants, motivés. C'est une sacrée différence avec ce que j'ai connu dernièrement au Maroc.

En tant que tankistes, nous avons des rafiots à disposition : des AMX15 français, mais aussi des blindés allemands de la Seconde Guerre mondiale. C'est dans l'un d'eux que j'ai l'habitude d'aller. Je fais partie de l'infanterie motorisée. Avant de nous rendre sur le terrain, nous sommes formés, nous suivons des stages, puis il faut trois mois d'exercices pour accéder à la première promotion de l'infanterie.

Au terme de ces mois d'entraînement, nous quittons la base avec notre armement en direction du Néguev, qui se traduit par « sud », une région désertique située au sud d'Israël.

Nous entamons une marche de 60 kilomètres le long de la bande de Gaza, un chemin de terre qui serpente sur 41 kilomètres au bord de la côte orientale de la mer Méditerranée. Là se trouvent des observateurs de l'ONU, non armés. À Ramla, quatrième kilomètre déjà, j'ai les pieds en feu, brûlés à l'intérieur de mes chaussures et couverts de cloques. L'air est lourd, il fait chaud, environ 15°C le matin et jusqu'à 30°C l'après-midi. Et quand nous avançons, chargés comme des mules, les 60 kilomètres nous apparaissent comme une véritable épreuve. La première. Souvent, des images m'accompagnent, celles de Juifs durant la Seconde Guerre mondiale, obligés de marcher ainsi sur un nombre de kilomètres identique, mais sans eau, sans nourriture, portant sur leurs frêles épaules des bagages bien plus lourds que les nôtres… Alors je serre les dents. La situation est complètement différente, l'enjeu aussi, mais quand même, nos épreuves sont des tortures dissimulées, que l'on nous impose dans le seul but de nous endurcir. Sur le terrain, pas question d'être déstabilisés par la marche ni par le transport de charges. Les muscles de notre dos doivent être forts, tout comme ceux de nos jambes et de nos bras.

Enfin se découpe Rafah, à la frontière égyptienne. C'est la fin de notre calvaire.

J'ai les pieds blessés, en sang, mais personne ne me soigne. Pour eux, c'est l'équivalent d'une virgule dans un roman. Une balle dans le pied, oui, des cloques, non. Alors j'apprends à supporter la douleur.

Ils nous accordent dix jours de repos qui n'en sont pas vraiment. Ces journées-là constituent un entraînement un peu plus souple, mais un entraînement tout de même. C'est le temps imparti pour s'habituer et s'acclimater.

Yad Mordechai. Située à dix kilomètres au sud d'Ashkelon – aujourd'hui une station balnéaire – en Israël. Là se trouve un kibboutz qui s'appelle Zikim. *Zik*, le « point de lumière » dans le désert.

Il fait nuit, nous savons que c'est notre premier vrai exercice grandeur nature. Notre commandant nous a donné des positions à défendre et, brusquement, les pétarades commencent, zébrant le ciel de lumières rapides, évanescentes. C'est notre premier bain de feu. Avant les bains de sang.

600 tirs dans le ciel, 600 feux illuminant le manteau de la nuit comme un feu d'artifice.

Puis arrive le jour du « grand exercice », devant des commandants venus recruter de nouveaux soldats. C'est LE jour où il faut tout donner, et moi, je donne toujours le meilleur.

Ce jour-là, par bonheur, j'excelle. Je ne suis là que depuis quelques mois, mais je suis devenu bien plus résistant et habile que la majorité de mes compagnons. Je suis donc nommé caporal, je reçois un insigne, mais je ne réalise pas. J'ai l'impression d'être le vainqueur d'un spectacle que je n'ai pourtant pas joué. J'attends de vivre la réalité de ma mission.

Mai 1965, Ramla

Capitale administrative de l'actuel district centre. Ville proche de Tel-Aviv où le 31 mai 1962, soit trois ans auparavant, fut pendu le criminel nazi Adolf Eichmann. Reconnu coupable de crimes de guerre et de crimes contre l'humanité, il était responsable de la logistique de la « solution finale », participait à l'organisation de la détermination des victimes et à leur déportation vers les camps.

Je suis recruté comme électricien. J'ai en poche deux CAP, un d'électricien, un autre d'électromécanicien. Le vendredi soir, nous sortons en boîte de nuit. Ramla est un peu ce qu'est devenue Tel-Aviv de nos jours. C'est là que se retrouvent les jeunes pour faire la fête, les cafés sont toujours bondés, les rues sont sans cesse animées. C'est une belle période, bien que nous n'oubliions pas que tout ça est éphémère. Nous profitons d'autant plus de ces soirées en terrasse, de ce que la vie a de doux à nous offrir, avant qu'éclate pour de bon la guerre.

L'un de ces vendredis soir, en débouchant dans ma rue, j'aperçois une jeep garée en face de mon domicile, alors je comprends.

L'homme en sort et me dit seulement :

– Harone, on vous donne cinq minutes pour prendre le strict nécessaire, et vous partez avec nous.

La guerre va commencer.

La jeep nous conduit jusqu'à la base, l'unité 60, à laquelle je suis rattaché. À cette époque, il existe encore des commandants étrangers dans l'armée israélienne, et une belle amitié se noue avec l'un d'eux : un commandant britannique qui a officié durant la Seconde Guerre mondiale. Il est plus âgé que moi, mais est empreint d'une grande sagesse, le genre d'homme dont nous avons besoin pour nous motiver et nous encadrer.

Deux semaines plus tard, un vendredi, un grand rabbin vient au coucher du soleil. Il nous adresse un discours auquel nous ne nous attendions pas du tout. Nous imaginions quelque chose de très spirituel, des paroles bienveillantes. Nous avions oublié que nous partions certainement au massacre. Nous sommes donc médusés en entendant les propos qu'il profère, loin des prières rabbiniques auxquelles nous sommes habitués : « On va leur casser les os ! », « On va leur montrer ce que c'est Tsahal[12] ! » Nous avions juste oublié que nous partions au combat, un combat féroce, contre un ennemi plus important. Nous l'écoutons pieusement, assis par terre et, finalement, nous comprenons que nous avions besoin de ce discours-là. « Vous allez partir à la guerre, mais vous allez revenir, parce que Yahweh[13] est avec vous. »

– Messieurs, nous sommes à la veille de la guerre. Nous partons demain à l'aube. Notre objectif ? Récupérer le libre accès à la mer Rouge.

Et de fait, le lendemain, nos véhicules s'ébranlent jusqu'à la bande de Gaza. Il ne nous faut que quelques heures pour rejoindre notre position, au Sud, dans un champ de blé. Nous campons deux semaines à cet endroit. Une nuit, des soldats

12 Armée de défense d'Israël.
13 Dans la Bible hébraïque, Yahweh est présenté comme le Dieu national des enfants d'Israël.

arrivent pour nous aider. Ils nous tracent ainsi la route. Leur mission consiste à étaler au sol du grillage, comme celui que nous possédons dans nos jardins. Cela nous permet de nous déplacer sans nous ensabler. Ils placent également des lumières le long de la route, qui n'éclairent que vers l'arrière. Nous sommes donc les seuls à les voir, l'ennemi, devant, ne peut les percevoir.

Mardi 6 juin 1967

Nous lançons l'offensive.

La veille, l'aviation israélienne a détruit en moins de trois heures l'ensemble des forces aériennes égyptiennes restées au sol, des centaines d'avions, mais aussi des pistes d'atterrissage.

Nous progressons. Moi, j'occupe un blindé, je dispose d'une mitrailleuse Browning 1919, et nous tirons sans même voir les visages de ceux qui tombent sous nos balles.

Les cibles ne paraissent même pas réelles. À ce moment-là, c'est un peu comme notre exercice de tir, de nuit, lorsque nous faisions notre service militaire. Nous tirons sur tout ce qui bouge. Je crois que personne ne saisit vraiment l'ampleur de ces actes, l'ampleur de l'horreur qui se déroule devant nous.

Alors que la nuit tombe, les tirs cessent. Impossible encore de connaître l'étendue de nos actes. Nous nous rendons dans la ville de Gaza. Là, le spectacle est inimaginable, macabre. L'unité 7 vient d'y mener une bataille, d'une portée plus importante encore que la nôtre. Nos tanks sont entrés, et des cadavres jonchent le sol de toutes parts. Nos véhicules roulent sur les corps des victimes, comme s'il ne s'agissait pas vraiment d'êtres humains. Je trouve cela extrêmement choquant, mais c'est ça, la guerre. Nous savions qu'il y aurait des morts dans les deux camps. La mort douce et non violente n'existe pas dans ces situations-là. Mais le respect des morts est un principe qui me tient à cœur depuis toujours. Il y en a tellement…

Il nous semble que le temps s'égrène différemment ici, tantôt trop rapidement, tantôt au ralenti.

Nous avons écho de la fuite des Égyptiens à travers les collines. Des frères d'armes ont trouvé leurs chaussures militaires abandonnées, bien trop lourdes pour fuir rapidement. Nous retrouvons ainsi des milliers de paires de chaussures neuves.

Je fais alors partie de la division 138 de l'armée de réserve, commandée par le major général Ariq Sharon, de son nom officiel : Ariel Sharon. Nous n'arrêtons pas d'avancer à travers le Sinaï, sans aucun répit, toujours en direction du sud, dans la même direction que les Égyptiens repliés.

« Toute la communauté des enfants d'Israël partit du désert de Sîn pour diverses stations, sur l'ordre du Seigneur. Ils campèrent à Refidîm, où il n'y avait point d'eau à boire pour le peuple. »

Exode 17, 1

Nous marquons l'arrêt à Raphidim, un lieu sacré, cité dans la Bible comme étant le onzième campement des Hébreux, menés par Moïse lors de l'Exode. C'est là qu'il fit jaillir de l'eau d'un rocher et que la tribu des Amalécites fut vaincue.

Lorsque nous arrivons, de nuit, il y a un nombre incroyable de soldats. Des milliers de spots militaires éclairent la zone qui ressemble de loin à une féerie, un grand spectacle merveilleux.

Sur les hauteurs, nous dominons la vallée et nous voyons, en contrebas, nos forces avancer.

Nous ne le savions pas encore, mais tandis que nous livrions bataille ici, la marine israélienne prenait le contrôle de la ville égyptienne de Charm el-Cheikh, située entre le désert du Sinaï et la mer Rouge. Quelques heures plus tard, c'est le détroit de Tiran qui fut rouvert à la navigation.

Le 8 juin 1967, nous arrivons au bord du canal de Suez. Je croyais que le pire était derrière moi. J'ai vu l'ennemi à terre, ses chaussures dans le désert, les cadavres sous les roues de nos tanks, les leurs en feu. Que puis-je encore voir de pire ?

Un soldat, lorsqu'il s'engage – du moins c'est le cas de mes camarades et de moi-même –, le fait pour défendre son pays, par amour de sa patrie. Certains considèrent les morts comme les dommages collatéraux d'une ascension politique qui nous dépasse. J'aime mon pays, j'aime ma patrie. Mais la réalité du terrain va bien au-delà de ce que j'imaginais. Jamais je ne me suis senti vainqueur face aux morts. Au contraire.

On me confie ainsi une nouvelle mission : conduire les prisonniers jusqu'à nos commandants, pour un interrogatoire. Nous ne les tuons pas. Je suis ensuite chargé de les reconduire aux abords du fleuve.

Je les transporte par dizaines dans un camion américain, et une fois près du canal, je dois leur dire : « Allez ! Partez chez vous ! Partez à la nage ! » Ils sont heureux d'être en vie, ils répondent par l'affirmative lorsqu'on leur demande s'ils savent nager. On leur redonne leur liberté, bien que traverser le fleuve à la nage soit une épreuve, une de plus. Mais nous sommes toujours en guerre et eux, toujours nos ennemis.

Alors ils partent à la nage.

Sauf que de l'autre côté leurs frères les attendent, et ils ne le font pas les bras ouverts. Tandis qu'il ne leur reste plus qu'une vingtaine de mètres avant d'accéder à la rive opposée, les Égyptiens en face les massacrent. Ils tuent leurs propres soldats afin qu'ils ne ramènent pas la défaite avec eux.

Ce massacre est traumatisant, même pour nous.

J'essaie de les conduire de nuit, j'ai ordre de ne rien leur dire. Les choses sont ainsi. Mais j'espère toujours que la nuit leur soit favorable, comme un bouclier pare-balles. Malheureusement, de l'autre côté, les tirs ne faiblissent pas.

« L'Éternel dit à Moïse : "Parle ainsi à Aaron : 'Prends ta verge, dirige ta main sur les eaux des Égyptiens, sur leurs fleuves, sur leurs canaux, sur leurs lacs, sur tous leurs réservoirs, et elles deviendront du sang et il n'y aura que du sang dans tout le pays d'Égypte, même dans les vaisseaux de bois et de pierre'. »

Exode 7, 19

Les eaux du fleuve portent ainsi en leur sein des dizaines et des dizaines de cadavres. Les prisonniers comprennent rapidement quel destin se joue, mais c'est nous d'un côté, eux de l'autre. Ils n'ont pas d'autre choix que d'espérer.

C'est chaque fois un moment très dur à vivre, je ressens beaucoup de colère, de tristesse, le poids d'une fatalité que je n'assume pas complètement.

La guerre n'aura duré que six jours, mais je suis resté sur place, au Sinaï, durant six mois.

Des avions de transport nous ramènent ensuite chez nous, nous revenons tels des héros, bronzés, nous sommes les vainqueurs. Les gens ignorent tout de ce que nous avons vécu sur place, les traumatismes de l'esprit qui ne nous quitteront jamais vraiment, bien plus impactants que les traumatismes du corps.

Le territoire israélien fut quadruplé après cette guerre. Mais le fait le plus mémorable, pour nous les Juifs, fut la *libération* d'Israël. À l'époque, nous le vivions vraiment comme cela : une libération, non une occupation. Quant à moi, j'étais jeune, j'ai grandi avec des idéaux, j'ai été élevé dans cet esprit : sauver Jérusalem. Ce n'est qu'en vieillissant que j'ai compris l'ampleur de tout ce que cela impliquait pour les autres populations. Je le déplore aujourd'hui.

De retour chez moi, la première chose que je fais est de me rendre dans la vieille ville. C'est incroyable de voir les portes ouvertes, de monter au Kotel : le mur des Lamentations. J'ai prié, dansé, chanté.

Cette guerre nous a appris une leçon fondamentale qui m'a suivi toute ma vie : ne jamais avoir peur. Depuis, j'ai toujours vécu ainsi, « réglé à la militaire » en quelque sorte, dans toutes les actions de mon quotidien.

Ne pas céder face à la peur.

Les années suivantes m'ont permis de mener une vie de famille normale. Je vivais toujours à Ramla, où j'ai créé mon entreprise dans l'électricité.

Ma normalité n'aura duré que six années.

6 octobre 1973

C'est Yom Kippour, le jour du Grand Pardon. Commence alors notre jeûne qui doit s'étaler sur un mois. C'est un jour chômé, un jour saint. Aucune radio n'est allumée pour nous distraire en ce jour d'expiation des péchés. Pourtant, ce jour-là, nous voyons un ballet aérien dans le ciel d'Israël. Le peuple est médusé, le nez en l'air, inquiet. Si les avions militaires sont là, un jour comme celui-ci, cela signifie forcément que quelque chose de grave est sur le point d'arriver.

Je suis à la synagogue lorsqu'ils viennent me chercher après un détour par chez moi. Lorsque la jeep s'arrête, tout le monde sort pour venir aux nouvelles.

« On est en guerre », telle est leur réponse.

À minuit, un bus nous conduit à la base bondée où je rejoins mon unité de Plugot. C'est le nom donné au *Palmah*, littéralement « Unité de choc », l'une des forces paramilitaires juives sionistes qui menèrent des combats durant la Seconde Guerre mondiale et qui continua jusqu'en 1948, année de l'indépendance de l'État d'Israël.

En arrivant, nous comprenons rapidement qu'il s'agit de l'unité des blindés.

Nous commençons le travail, aussitôt le pied mis à terre. Cette offensive est pour Israël une réelle surprise. Les dirigeants israéliens ne pensaient pas les armées des pays arabes suffisantes pour reconquérir les territoires occupés. Par ailleurs, ils n'anticipaient pas cette attaque, malgré des mouvements constatés des troupes syriennes et égyptiennes. En ce jour saint, alors que le ramadan commence, de nombreux soldats israéliens se sont vus accorder une permission. Les troupes arabes ont ainsi profité de l'effectif réduit de l'armée israélienne pour récupérer le plateau du Golan.

Cette fois-ci, notre unité ne possède plus les vieux tanks de la Seconde Guerre mondiale, nous avons des tanks plus modernes que l'on appelle des Zelda.

Une seule nuit d'attente suffit. Les forces syriennes envahissent déjà les montagnes du Golan, tandis que les forces égyptiennes pénètrent dans le Sinaï.

Durant les journées des 6, 7 et 8 octobre, les forces égyptiennes mènent le combat, nous soumettant à des attaques meurtrières d'une grande ampleur et progressant rapidement à travers le Sinaï. Nos blindés sont mis à mal, tout comme nos forces aériennes.

Mais nous continuons notre avancée, nous sommes la pointe de la flèche en quelque sorte, en première ligne.

De leur côté, les Égyptiens traversent le canal, puis s'arrêtent à une vingtaine de kilomètres. En continuant, ils auraient pu prendre Tel-Aviv, mais ils s'immobilisent, craignant un piège de notre part. C'est un coup de chance pour nous. La guerre de mouvement que notre unité mène se transforme alors en guerre statique.

Nous creusons des tranchées et attendons que la nuit tombe. Les canonniers ont besoin d'aide. Donc, avec d'autres camarades, nous allons leur prêter main-forte. Nous leur apportons de gros obus d'environ 70 kilos, mais nous sommes jeunes et costauds, l'adrénaline aidant, nous faisons ce que l'on attend de nous. Des nuits durant, les canons ne cessent de tirer.

Avant de pénétrer les lignes égyptiennes, Ariel Sharon conduit un raid violent avec son unité d'élite, l'unité 101. Son objectif est de trouver une faille, un espace inoccupé qui nous permettrait d'avancer, et il la trouve. En revenant, les ordres sont les suivants : créer un pont à cet endroit-là avec les éléments gonflables dont nous disposons. Les camions ne pouvant avancer davantage dans le sable, nous traînons ces éléments avec des cordes. Nous avons ainsi, nuit après nuit, créé notre pont.

Ariel Sharon est le premier à traverser le canal grâce à un petit Zodiac. Moteur éteint, à l'aide des rames. Et nuit après nuit, nos soldats, nos parachutistes avancent, toujours plus loin, dans un silence absolu. Puis nous faisons traverser nos véhicules les plus légers, le pont n'étant pas assez résistant pour nos tanks. Et l'infanterie passe.

Environ un mois s'écoule ainsi.

Ariel Sharon envoie des troupes à droite, à gauche, au centre. Elles progressent tellement qu'elles parviennent à prendre un aéroport et une piste d'atterrissage. De quoi permettre à nos forces aériennes une plus grande manœuvre et une plus grande sécurité.

Un soir, elles mènent un raid très violent qui leur permet de conquérir un pont que les Égyptiens avaient construit avec du matériel russe, de bien meilleure qualité que le nôtre. Là où notre pont était assemblé de « saucisses gonflables », le leur était beaucoup plus solide. Nous avons alors fait passer nos blindés.

La première unité traverse, puis la seconde. C'est une véritable ruée vers le canal. Mais nos troupes sont évidemment visées par l'ennemi. Tour à tour, les tanks passent, et nous voyons nos compagnons être les cibles de leurs canons et les corps sombrer dans le fleuve. Puis nous recevons l'ordre de cacher les tanks, les blindés, les camions et tout le ravitaillement dans de larges tranchées. Nous avons ordre d'attendre. On ne peut faire que ça, regarder et patienter. Nous mangeons des boîtes de sardines vidées à la va-vite parce que nous ne savons pas quand aura lieu le prochain repas.

22 octobre 1973

Les forces égyptiennes sont de plus en plus faibles. Les États-Unis demandent alors un cessez-le-feu. Nous, nous avions entre-temps bloqué la route qui mène du Caire jusqu'à la ville de Suez.

Nous avons su plus tard que d'importantes négociations se tenaient dans l'ombre entre les grandes puissances mondiales. Les États-Unis et l'URSS étaient terrifiés à l'idée d'une victoire israélienne, car ils craignaient que le monde arabe ne se révolte et se venge en réduisant considérablement sa production de pétrole.

Nous, nous avons ordre d'avancer. Malgré les accords, nos généraux ne pouvaient que constater la vulnérabilité des forces égyptiennes. Nous étions en position de force.

Le 22 octobre 1973, le Conseil de sécurité s'est réuni et a mis en œuvre la Résolution 338, un nouveau plan de paix.

Malgré cet ordre de trêve, nous avons continué à avancer sur la rive Est du canal. Nous sommes parvenus à prendre en tenaille la IIIe armée égyptienne, soit 20 000 hommes et 2 chars. J'ai su bien plus tard que la guerre nucléaire fut évoquée par les Américains. Nos troupes refusaient de respecter le cessez-le-feu, attisant la colère des Soviétiques qui menaçaient de lancer une offensive au Proche-Orient. C'est la détermination d'Henry Kissinger, et sa menace d'une guerre nucléaire, qui ont fait changer les Soviétiques d'avis. Ils sont parvenus à un accord, décrétant la fin des hostilités.

Le 26 octobre, les conflits ont cessé. Ainsi s'est terminée la guerre du Kippour, qui aura duré vingt jours.

Au total, nous avons déploré la perte de 3020 hommes et avons eu 8135 blessés. La Syrie, l'Égypte, la Jordanie et l'Irak ont déploré la perte de 9500 hommes et ont dénombré 19 850 blessés.

Et combien d'autres suivront, dans d'autres conflits, dans d'autres temps…

« Ce qu'on appelle raison de vivre
est en même temps une excellente raison de mourir. »
Albert Camus

CHAPITRE 8
Hyper Cacher, Caméra 12

Caméra 12 porte de derrière : *Des otages sortent par la porte de derrière. Les forces d'intervention font des repérages, posent des explosifs qui font sauter la porte. Les forces de l'ordre investissent les lieux à 17h12.*

Instinctivement, je glisse mes mains dans mes poches. Je ne sais pas ce que je recherche, mais je triture nerveusement ce qui s'y trouve. Et parmi les quelques centimes égarés et autres tickets de caisse froissés, la rondeur des bonbons m'apparaît. Gagner du temps… Des bonbons cacher. De ceux que j'aime distribuer aux enfants, surtout lorsque c'est shabbat.

– Ah, tiens !

Ma voix sonne faux, je le sens, mais par chance, il n'a pas l'air très pressé. J'imagine que son plan n'est pas encore accompli. Le monde entier ne connaît pas encore son nom.

– Prends un bonbon.

Et il le prend, le porte à sa bouche. J'en reste bouche bée quelques instants. Heureusement que mon regard est dissimulé derrière ma visière. Je ne m'attendais pas à ce qu'il le fasse sans au moins une remarque acerbe. Un lien de confiance s'est établi malgré moi, malgré nous.

– Je peux en donner aux autres ?

– Vas-y. Donne-leur…

Son esprit s'égare par moments. Sous ses convictions sans faille se tapit un homme. Ni félin ni roi. Juste un homme. Et même refoulées, ses craintes se devinent pour qui sait regarder.

Je me lève et son regard n'est ni suspicieux ni interrogateur. Ce n'est qu'un regard vide, aussi absent que son esprit à cet instant. Il reste là, me devine, mais ne m'épie pas. Je distribue les bonbons aux otages et je vois leur expression ahurie. Je lis la méfiance sur leur visage, l'incompréhension et la peur. Je murmure aussi bas que possible :

– Tenez, tenez. Ne vous inquiétez pas.

Mais bien sûr qu'ils sont inquiets, qu'ils sont morts de peur. Ça pue la mort. Partout le sang. Les cris qui semblent demeurer en suspens dans l'air. Comment pourraient-ils me croire, moi qui suis l'ami du terroriste, quand je leur dis que tout se passera pour le mieux ?

Ils ne le peuvent pas. Mais moi, je sais que je peux gagner les minutes supplémentaires dont nous avons besoin.

– Tu sais, dit-il un instant rêveur, j'ai une femme. Elle s'appelle Boumeddiene. Un jour peut-être, nous aurons un enfant, elle et moi.

– Écoute, Amedy…

Je tente d'en savoir plus, de le raisonner peut-être. J'espère qu'il se laissera aller à de nouvelles confidences, même si j'en doute un peu. Les autres otages mangent leurs bonbons du bout des lèvres. J'ignore s'ils ont faim. Personne n'ose prononcer le moindre mot, tous les regards sont braqués vers le sol. J'aperçois furtivement quelques œillades vers nous. Certains me dévisagent à la dérobée, tentent de savoir qui je suis, quel est mon rôle dans tout cela, mais le sais-je moi-même ? Je sais que j'ai gagné sa confiance. Aussi ténu soit-il, j'ai réussi à créer un lien. C'est notre seule chance de nous en sortir vivants.

– La situation ne se présente pas bien, pour aucun d'entre nous, je parviens à articuler en le regardant droit dans les yeux.

– J'attends de passer des coups de fil, on en saura plus après.

Je comprends alors qu'il veut marchander. Je ne sais pas encore quoi, mais son objectif, c'est la presse.

Au fond du magasin se trouve un petit bureau, d'environ 1,20 m sur 2,50 m. Un ordinateur qu'il ne cesse d'observer y est installé. Soudain, de sa voix grave qui fait trembler chacun de nous, il s'exclame :

– Qui peut configurer le WiFi ?

– Moi, dis-je avec confiance.

Mais les deux employés se relèvent brusquement, se proposent, car ils connaissent mieux les lieux. Certes, ils n'ont pas tort, et j'imagine que dans l'état d'angoisse dans lequel ils sont – après avoir vu leur collègue froidement abattu –, cela leur fera du bien de se rendre utiles et de faire quelque chose d'autre que de ressasser les événements récents.

Du plafond pendent des câbles qui sont tombés lorsque Coulibaly a tiré au plafond. Une partie de celui-ci s'est arrachée, entraînant dans sa chute l'installation électrique. Les deux employés, à l'aide d'un tabouret, réussissent à reconnecter l'ensemble et à rallumer l'ordinateur.

Lorsque celui-ci est fonctionnel, il appelle la police depuis son portable, il veut parlementer.

– Écoutez ! hurle-t-il dans le combiné. Vous allez libérer les frères Kouachi ! Je veux une voiture devant ! Vous éloignez tout le monde de dehors, et alors je libérerai les otages un à un !

Je ne le crois pas, et je pense que les autres otages, malgré l'espoir qui cherche à tout prix à se frayer un chemin dans nos cœurs, ne le croient pas non plus. Nous l'avons vu débouler ici comme un fou, abattre sans une once d'hésitation ceux qui avaient le malheur d'être sur son passage. Il ne regrette pas son geste. Il ne regarde pas les cadavres d'un air coupable, d'ailleurs, il ne les regarde pas du tout. Comment un être pareil pourrait-il accepter de nous libérer si facilement ? Nous ne le croyons pas et la police non plus, elle refuse de collaborer. BFM TV aussi refuse la discussion. Pourquoi ? Nous ne le saurons que plus tard : les frères Kouachi étaient à ce moment-là retranchés dans une imprimerie à Dammartin-en-Goële. Ils seraient abattus quelques heures plus tard. Aucune négociation n'était alors envisageable pour les forces de l'ordre. Nous étions dans une impasse, la situation était complètement bloquée.

Tandis qu'il discute avec un journaliste de BFM TV, une exclamation me fait tressaillir :

– Tout l'hypermarché est piégé ! J'ai 20 bâtons de dynamite ! Si un seul de vous approche, tout le monde saute !

Les autres otages aussi ont soudain l'air encore plus graves. Notre espoir de sortir d'ici vivants s'amenuise dangereusement. Puis mon regard se fige sur le sac de sport. Bien sûr… Que pourrait-il y avoir d'autre dans ce sac que des armes ?

Alors qu'il allait et venait du centre du magasin jusqu'au bureau, j'ai pris une nouvelle décision. Toujours sur le modèle de la roulette russe. Chacune de mes idées pouvait nous être fatale. D'abord, je donne un faux nom, ensuite je me présente comme un muslem – un arabe – et enfin, le sac. Je devais en avoir le cœur net.

Posé à quelques pas de moi, je m'approche lentement et ouvre discrètement la fermeture Éclair, toujours sous le regard curieux et inquisiteur des autres otages. J'avais deviné juste : se trouvent à l'intérieur plein de cartouches dans une boîte mal fermée, quatre chargeurs de fusil d'assaut, des chargeurs pour un petit revolver qu'il porte sur lui, un caméscope, des chiffons pour nettoyer ses armes et, dans un sac plastique transparent, 20 bâtons de dynamite avec les détonateurs.

Il n'a pas menti, au moindre faux pas, il fera exploser la boutique et nous avec. Il n'a pas peur de mourir, au contraire, je crois même que la peur le tente de plus en plus à mesure que le temps s'égrène. Il commence à comprendre que la partie est mal engagée, qu'il ne parviendra probablement pas à faire libérer Chérif et Saïd Kouachi. Alors j'imagine que la mort, qui était d'emblée une alternative acceptable pour lui, finira par devenir le seul dénouement possible à son histoire. Et une autre chose est certaine : il nous entraînera dans sa chute. S'il peut mourir en tuant des Juifs, alors il aura l'impression de mourir en héros.

Sauf que ce n'est pas une fin acceptable pour nous.

Sur un coup de tête, je décide de laisser mes empreintes sur le sac plastique. Avec tout ce qui s'est passé en bas et même ici, j'ai les mains et les vêtements recouverts de poussière. J'ignore pourquoi je fais ça, mais la petite bougie de l'espoir n'est pas encore consumée en moi. Je reste convaincu que l'on va pouvoir sortir d'ici indemnes. Et alors il faudra raconter, il faudra prouver. Je pourrai ainsi prouver mes dires.

Je l'entends grommeler dans le bureau et donner un coup sur le clavier de l'ordinateur. Alors je ferme précipitamment le sac et m'éloigne de quelques pas pour regagner ma place.

Gagner du temps.

Vu la colère qui déforme son visage, il nous faut à tout prix gagner encore un peu de temps. Si la police ne veut pas négocier, c'est qu'elle est sûre d'elle. C'est au moins une chose que j'ai apprise en faisant la guerre : si l'une des deux parties refuse le compromis, c'est qu'elle a une botte secrète. J'en suis sûr à présent : ils vont bientôt lancer l'assaut final. Si personne ne veut dialoguer, ça ne peut être que pour cette seule et unique raison. Je sais aussi que jamais ils n'abandonneraient les otages.

15h30

– Amedy ? Et si on mangeait un morceau ? Il est déjà tard, je pense que tout le monde a faim ici, pas toi ?

Il réfléchit un instant et hoche vaguement la tête. Il semble un peu perdu, ne sait pas trop quoi faire. Une brèche dans laquelle il devient urgent de se plonger.

– Oui, j'ai faim... murmure-t-il, l'haleine toujours aussi médicamenteuse.

Je vois bien ses lèvres gercées. Les comprimés qu'il a dû avaler pour se donner du courage ne font pas illusion. Il a la bouche sèche et les muscles raides. Je le soupçonne de rechercher quelques minutes de repos malgré lui.

– OK, on va tous manger alors, je parviens à articuler, redoutant ses excès de fureur autant que son étrange malléabilité.

Alors il se lève, le visage de nouveau neutre, toute trace de colère envolée. Ses yeux sont fixes, son souffle rapide, et sa voix en ferait presque trembler les fondations tant elle est puissante.

– Prenez ce que vous voulez, retournez à votre place et mangez ! s'exclame-t-il.

Tous attrapent des paquets de trucs gras et les dévorent, adultes comme enfants. Moi, l'angoisse me tord le ventre à un point tel que je n'ai absolument pas faim, je peine d'ailleurs à comprendre comment ils parviennent à avaler tout ça. Même Amedy Coulibaly semble satisfait. On lui donne des petits pains, du saucisson, alors qu'à côté de nous se trouvent quatre cadavres, il flotte une odeur de mort et de charogne due au sang, à la moiteur des corps, à l'enfermement...

Il y a ceux, comme moi, qui sont incapables d'avaler de la nourriture, et il y a ceux, comme eux, chez qui l'angoisse provoque la faim, la rendant incontrôlable. Ils se bourrent, se comblent de biscuits apéritifs goût oignon, pansent ainsi les meurtrissures de leur âme. Il est prouvé qu'ingérer des aliments permet de se sentir bien, de se détendre. Les otages ne mangent pas par nécessité de s'alimenter, mais parce que la détresse les pousse à le faire.

– Comment tu t'appelles déjà ?

Amedy m'observe de ses grands yeux sombres. Lui mange probablement par faim, j'imagine que c'est là un des effets indésirables de la drogue ingérée.

– Ali, j'articule sans rien montrer de ma réticence.

Donnant un nom qui n'est pas le mien.

– Ali… c'est sec votre truc, là, me dit-il en me montrant le saucisson. Vous n'auriez pas un genre de mayonnaise ?

Je peine à contenir mon incrédulité. Il nous donne de vivre un moment du quotidien tout ce qu'il y a de plus normal. Et cette version de la normalité me fait froid dans le dos. Nous ne sommes pas à un pique-nique entre amis. Nous ne devrions pas échanger des banalités sur la qualité du saucisson, sur la sauce qui se marierait bien avec. Nous sommes otages. Il a des dynamites plein son sac. Il a explosé l'abdomen d'un vendeur, tiré dans le cœur d'un client. Et à présent, il nous demande de la sauce pour sa viande, trop sèche à son goût.

– Bien sûr… S'il vous plaît ! je m'exclame à l'adresse de la vendeuse, apportez de la mayonnaise !

Lorsqu'il tient le flacon entre ses mains, il geint comme un enfant.

– Ali, ça coule pas…

– C'est normal, faut l'ouvrir…

La jeune vendeuse se rapproche de nouveau et enlève l'opercule avant de le servir généreusement. Alors il mange, réfléchit, et ses yeux ne cessent de tournoyer, il ne parvient pas à rester complètement stoïque. Son regard va et vient, et pourtant il ne semble pas voir réellement ce qui l'entoure. Jamais il ne fixe quoi que ce soit, ne s'attarde pas sur les otages, pas plus que sur ses propres gestes. À l'image de son cerveau qui doit bouillonner d'activité, d'élaboration de plans en tout genre, de scénarios tous aussi graves les uns que les autres, ses pupilles dilatées papillonnent.

Le voir ainsi m'a rappelé des souvenirs de mon enfance au Maroc. À l'époque, je faisais partie des scouts, et durant les vacances scolaires nous partions en forêt, notamment à Ifrane, une ville nichée dans les montagnes du Moyen Atlas, et là-bas, des Africains travaillaient dans la confection du charbon. Je me souviens de leurs yeux brillants, du même éclat que ceux de Coulibaly en ce moment.

Le dénouement de notre tragédie est proche, je le sens. La fin de sa cavale est, quant à elle, inéluctable. Nous emportera-t-il avec lui ? Nous l'ignorons. Ma peur à moi n'est pas de l'angoisse. J'ai été entraîné pour vivre ce genre de situation. J'ai déjà vécu les guerres, les conflits avec le monde arabe, vu les morts. Je ressens de la colère, de la tristesse, un peu d'appréhension, mais ni peur ni angoisse comme mes camarades.

Sans cesse, la voix de ma mère me revient en mémoire : « Mon fils, toi, il ne t'arrivera rien. Toi, tu es un enfant béni, il ne t'arrivera jamais rien. N'aie pas peur. » Je la vois, comme un ange gardien posé sur mon épaule, qui me parle, me rassure, m'encourage à aller de l'avant. Et l'imaginer ainsi me donne le courage dont j'ai besoin, m'offre la force qui, à mon âge, commence à me faire défaut.

De nouveau, il se lève, se dirige vers l'ordinateur et, par instinct, moi, je rampe vers les cadavres. Pour leur fermer les yeux. Il m'est inconcevable de les laisser ainsi. Peut-être aussi ai-je encore l'espoir de constater un mince filet de vie s'échappant d'entre leurs lèvres.

Je n'oublierai jamais ce dernier client, François-Michel Saada, venu acheter son pain cacher, lui qui scandait auprès de la vendeuse qu'il n'en aurait que pour cinq minutes. Cinq éternelles minutes.

Coulibaly lui a tiré une balle directement dans le cœur. Le sang a imprégné ses vêtements, sous lui, c'est une flaque de sang brunie qui déjà s'assèche, marquant le sol de sa texture épaisse. Du plat de la main, j'essaie de lui fermer les yeux, en vain. Son corps est glacé. À cet instant-là, mes émotions se confrontent les unes aux autres : rage, appréhension, tristesse. Je vois d'ici nos vies se terminer avec la sienne, comme ce monsieur se dépêchant pour rejoindre les siens et allumer ses bougies, pour se retrouver en famille, loin du tumulte de la vie extérieure. Jamais l'expression de ce visage froid et figé dans la mort ne me quittera.

En retournant à ma place, je me rends compte que mon manteau est couvert de sang, le sien. Mais Coulibaly ne le remarque même pas. Son visage à nouveau se déforme sous le coup de la colère, il déchante, peut-être même a-t-il peur. Il tient fermement son arme et je sens le moment fatidique approcher. Quand il se rapproche de moi, je plante mon regard dans le sien. Lui debout, moi assis à ma place. Je ne faiblis pas, je parviens à garder mon calme, à jouer le rôle que je me suis attribué. Le rôle d'une vie. Ironique, non ? Alors que celui-ci consiste à me faire passer pour un Marocain musulman.

– Que se passe-t-il ?

– Ils ne veulent pas négocier ! hurle-t-il, ne veulent même pas me parler !

Son visage est celui d'un dément. Il cligne frénétiquement des paupières, sa bouche s'affaisse par moments, il a des tics qui trahissent son angoisse, son manque de sommeil et la peur de la mort qui approche.

– JE VAIS FAIRE UN MASSACRE, clame-t-il encore, serrant plus fermement son arme entre ses doigts, ajustant ceux-ci sur la gâchette. JE VAIS LEUR MONTRER QUI JE SUIS !

– Non, Amedy, lui dis-je d'une voix calme, qui se veut rassurante. Oublie tout ça. Je vais te dire la vérité : on va tous mourir. Ils vont finir par rentrer, et nous allons tous y passer... Ils sont capables de détruire le magasin, et nous avec.

Je veux le convaincre que nous, les otages, ne sommes pas si intéressants que ça pour la police. Parce que s'il le croit, s'il pense que la police se fiche de nous aussi, alors nous perdrons de l'intérêt à ses yeux. Et sans réel intérêt, nous tuer de sang-froid ne sera plus une solution pour lui, nous cesserons d'être une monnaie d'échange, le point de pression dont il a tellement besoin. Et je prie intérieurement pour que cette idée soit chassée de son esprit, pour qu'il cesse d'envisager sérieusement le massacre qui se joue derrière ses paupières à cet instant-là.

À mesure que je parle, je le sens qui faiblit de plus en plus. Les effets des comprimés qu'il a avalés commencent à se dissiper et la fatigue le gagne tandis que le temps s'égrène : déjà près de quatre heures que nous sommes là. Je me demande comment vont ceux qui sont restés cachés en bas, j'aimerais me montrer rassurant envers ceux qui se morfondent ici, mais je ne peux pas. J'espère en tout cas qu'ils me savent innocent, tout comme eux.

Tous les portables et cartes d'identité sont amassés dans un carton, sauf les miens. Il ne me les a pas demandés. Brandir ma nouvelle identité arabe a suffi à le convaincre. Alors, tandis qu'il s'éloigne de nouveau vers le bureau, je sors mon appareil. Je sais qu'il est sur écoute, il ne doit pas être le seul téléphone à l'être, le fixe du magasin l'est probablement aussi, j'ai vu qu'il était mal raccroché.

Je le regarde une nouvelle fois, son esprit est en branle, ses yeux furètent dans tous les sens et si une sortie se dessinait face à lui, j'ai la conviction qu'il se jetterait dedans corps et âme. Il prendrait la fuite. À défaut de cette sortie qui n'existe pas, j'ai peur que sa colère redouble et que, par désespoir, il nous abatte tous quand même. Je le soupçonne de ne pas vouloir mourir seul, parce que la mort, sans les effets magiques de la drogue, fait peur. Et Coulibaly faiblit encore, je le sens. Personne ne veut lui parler, ni la police ni les médias, il est totalement seul.

Dans le bureau, il communique avec d'autres fanatiques comme lui, des personnes qui se trouvent probablement en Syrie, loin d'ici. Il leur envoie des photos, des vidéos, nous entendons par bribes les conversations, toutes en arabe, hormis quelques phrases, quelques mots, balancés en français de temps à autre. Autour de son cou se trouve une petite caméra embarquée, il filme tout et nos visages, surtout le mien, sont certainement présents sur tous les sites des tréfonds de la toile, les forums, partout où ces fous de Dieu se baladent.

Alors, quand il s'approche de moi une nouvelle fois, je répète :

– Amedy, on va mourir, sois-en sûr, mais tu sais ce que le Prophète a dit : Avant de mourir, il faut faire sa prière.

Je le vois qui réfléchit, lui qui ne semble pas très au courant des traditions musulmanes, il m'accorde une sagesse que je n'ai pourtant pas.

– Tu as raison, murmure-t-il alors.

Et je sens chez lui un vague soulagement, ses épaules s'affaissent très légèrement. Il se déleste un peu du poids qu'il porte seul, se décharge d'une partie des angoisses qui ravagent les sous-couches de son esprit malade.

– Tous les deux, on est des croyants, nous sommes de bons musulmans. Alors je crois que le moment est venu de faire entendre notre voix à Allah, lui qui s'apprête à nous accueillir. Allons faire la prière.

– Oui, je suis prêt.

Je repense à nos téléphones sur écoute, je connais cet instant pour l'avoir déjà vécu il y a longtemps : ces longues minutes qui précèdent l'assaut final.

– Laissons les gens ici, ils ne tenteront rien. Tu sais, à la mosquée, le silence est total, il nous faut du silence pour que nos prières s'élèvent jusqu'à Allah. Allons au fond du magasin, nous serons plus tranquilles. Il faut qu'on s'isole pour prier.

Il prend les devants et se dirige d'un pas sûr vers le fond du magasin, comme je le lui ai suggéré. Les otages nous observent, abasourdis. Moi, je ne pense qu'à nos téléphones sur écoute. Je l'éloigne pour que l'assaut soit lancé, pour faire gagner un peu de temps aux officiers du RAID. Je ne sais pas si je fais les choses de la bonne façon, j'espère au plus profond de mes entrailles que l'isoler est la bonne solution. Je préfère que seule ma vie soit directement en danger plutôt que la leur, celle des autres otages.

Au fond se trouvent deux frigos-coffres, alors je me mets à genoux et lui enjoins d'un regard de faire de même. Une nouvelle fois, il pose devant moi ses deux armes, pour me tester, constater ma bonne foi ou bien ma traîtrise. Je sais qu'il dissimule un revolver sous son blouson, même si je le voulais, jamais je n'aurais la rapidité nécessaire pour le menacer avec l'une de ces armes face à moi.

– Écoute, lui dis-je, je sais que tu ne parles pas très bien arabe, alors tu vas répéter après moi, d'accord ? Mot à mot.

– D'accord.

– Tu vas dire cinq fois *Allahou Akbar*, bien fort, lentement et bien distinctement. Cinq fois.

Il hoche la tête et se prosterne, les paumes de ses mains à plat sur le sol. Les autres nous regardent, médusés. Je crois que c'est à ce moment-là qu'ils ont compris mon rôle, qu'ils ont compris que j'étais des leurs. Certains hochent la tête dans ma direction quand je me risque à le lâcher du regard, lui. Redevenir celui que je suis vraiment, un otage, l'espace de quelques instants, me redonne le courage dont j'ai besoin. Je me sens enfin soutenu par ma famille, par mon peuple.

À cet instant, ils ont aussi compris pourquoi je m'étais montré distant avec eux jusqu'alors, je ne pouvais pas résoudre le problème en leur parlant, à eux ; je ne pouvais envisager une solution qu'en discutant avec lui. Trouver sa faille, l'affaiblir toujours plus : tel était mon plan, jusqu'à ce que j'estime qu'il était assez mûr pour l'isoler loin d'eux, loin de la porte d'entrée.

Quand il termine de réciter cinq fois *Allahou Akbar*, je le regarde gravement, comme un mentor avec son élève :

– C'était presque parfait, encore deux trois petites choses à améliorer et ta prière s'élèvera jusqu'à Lui.

Le flatter, comme un dresseur avec son animal, pointer du doigt son erreur avec bienveillance, pour qu'il se surpasse, pour qu'il me prenne au sérieux et continue à me respecter.

– Il faut que ton front touche le sol plus durement, jusqu'à ce que le sang sorte, il faut que tu offres ton sang, une partie de toi à ton Dieu, qu'il voie ta bravoure, ta valeur et ton amour inconditionnel.

17h05

Des souvenirs de mon enfance au Maroc me reviennent. Je revois l'imam, son *tasbih* enroulé autour de son poignet droit, un chapelet composé de 99 perles. À chaque perle égrenée, une pour chacun des noms d'Allah, un *SubhanAllah, al Hamdoulillah, Allahou Akbar*, est prononcé :

– Gloire en Allah, louange en Allah, Allah est Grand.

Et les secondes qui passent, les perles qui glissent comme un train sur les rails le long de la ficelle.

– Maintenant, répète après moi : *Ach-hadou an la ilaha illa Llah, wa ach-hadou ana Muhammad Rassoul Allah*[14].

Il est abasourdi par mes connaissances et répète, docilement, les paroles que je viens de prononcer. Ses yeux sont clos, son souffle régulier. Alors je me lève et fais quelques pas pour rejoindre les otages. Derrière moi s'élève la voix du terroriste, une voix sourde, convaincue. Il répète ces mots, inlassablement, l'attestation de foi :

– *Ach-hadou an la ilaha illa Llah, wa ach-hadou ana Muhammad Rassoul Allah.*

J'observe rapidement son corps légèrement voûté, son front qui touche le sol dès qu'il se baisse. Debout, il m'a fait peur, alors sa détermination était inébranlable, ses yeux fous n'étaient que de deux trous béants vers l'enfer. À genoux, il n'est plus un terroriste, il est un homme qui se soumet à la volonté de plus fort que lui. Je crois que les mots divins pèsent sur ses épaules, que le caractère sacré de sa mission lui échappe totalement.

---

14 « J'atteste qu'il n'y a de dieu que Dieu, et que Mohamed est son Messager. »

Il n'a pas compris que nul assassin ne gagne les portes du paradis.

Je lui tourne le dos et fais un pas, puis deux. Mes jambes sont lourdes, le poids de ma peur fait de mes jambes des membres de plomb.

Il poursuit sa prière mais, moi, je n'entends qu'une complainte mortuaire. Je me demande si ce sont les derniers mots que j'entendrai, que les autres entendront.

Encore aujourd'hui, ces mots résonnent en moi, me déchirent les entrailles, me perforent le peu de conscience qu'il me reste... *La ilaha illa Llah*. Cette voix lugubre, ce chant funeste en suspens au-dessus de ma tête, telle l'épée de Damoclès. Allons-nous tomber sous le couperet de ces convictions inhumaines ?

Encore un pas, et mon cœur qui tambourine dans ma poitrine, prêt à exploser dès que mon pied touche le sol. J'ai la douloureuse sensation qu'il bat trop vite. Des décharges d'angoisse électrisent mon corps et mon esprit. Je me répète inlassablement que je n'ai pas peur. Je ne peux pas avoir peur. Ils comptent sur moi. Ces femmes, ces hommes, ces enfants. Ils ont compris mon rôle, ils ont compris que je suis de leur côté, celui des innocents. Ils savent que je l'ai éloigné d'eux pour une bonne raison... Du moins, je l'espère.

Les otages sont terrés, le souffle court, recroquevillés près de la caisse. Ils m'observent et je peux lire la terreur dans leurs yeux. J'y lis aussi une certaine fatalité. Ils savent, eux aussi. Ils savent que le moment crucial est arrivé.

Et puis le temps qui, l'espace d'un instant, semble ralenti. J'ai l'impression fugace de vivre la scène d'un mauvais film d'action. Celle qui précède généralement la fin incroyablement rapide et survoltée de l'aventure.

C'est pourtant ce qui va se passer dans ma réalité.

Une réalité qui me rattrape brusquement à la gorge. J'ai du mal à respirer tout à coup, mon pouls s'emballe et j'ai soudain peur que mon cœur me lâche, là. Je me maudis pour ça. *Harone, tu es fort. Harone, tu n'as pas peur*. Je me sens démuni. C'est la première fois en quatre heures.

Mes idées s'emmêlent, ma vision se brouille, je n'arrive plus à réfléchir correctement. Je n'arrive plus à conserver ce « mode automatique », celui que j'ai toujours appliqué dans ma vie de militaire, dans ma vie professionnelle, dans ma vie personnelle. Je n'ai plus qu'une obsession : me cacher. Me terrer moi aussi, avant que le chaos ne s'ouvre pour de bon sous nos pieds.

Je sais que ce qui va suivre va être rapide, épouvantable, que tout se joue maintenant. Ma vie comme la leur. Entre les rayonnages de cet Hyper Cacher.

Je regarde ma montre : 17h12. C'est le seul point d'ancrage que j'ai trouvé pour me raccrocher à la réalité. *Ce n'est pas une fiction, c'est la réalité. Ce n'est pas une fiction, c'est la réalité.*

Je jette un dernier regard aux otages, je leur intime de se coucher. Ils sont livides. Pourtant désorientés, ils se couchent, s'amassent les uns contre les autres. Ce sont des spectres aux yeux exorbités, rouges d'avoir trop pleuré. Leurs poitrines se soulèvent rapidement, ils ont le souffle aussi court que le mien. La transpiration trempe leurs vêtements, elle perle sur mon front aussi, et j'en sens l'odeur, désagréable, qui se mêle aux effluves nauséabonds qui règnent ici, ceux du sang et de la poudre.

Dans un dernier sursaut d'espoir – de désespoir, peut-être –, j'envoie valser d'un mouvement de bras rageur les conserves d'une étagère à ras le sol. S'éparpillent alors les boîtes noires Yarden de raviolis à la viande et d'aubergines farcies au riz ; roulent à côté les boîtes rouges Rolli de double concentré de tomates. Un haut-le-cœur me saisit tandis que je me presse contre le métal de cette étagère à présent vidée.

J'entends encore le roulis de l'une de ces conserves dans mes cauchemars. Elle roule, elle roule, et le rideau métallique, lui, se lève, il grince. Le métal, tout n'est que métal, et je sens sur ma langue le goût du sang. Est-ce un mauvais tour de mon esprit ou la réalité ? Je n'en sais rien.

Et ma vision devient floue. Mon cerveau cotonneux se déconnecte de ma conscience.

Fondu au noir.

« Il faut savoir risquer la peur comme on risque la mort,
le vrai courage est dans ce risque. »
Georges Bernanos

« *Le vendredi 9 janvier, nous sommes en plein Conseil de Paris, nous remettons ce titre de citoyen d'honneur à* Charlie. *Le préfet de police, qui siège au Conseil, doit quitter la salle parce qu'à ce moment-là on l'alerte de ce qui se passe [à Dammartin-en-Goële, NDLR]. Puis je suis informée qu'une prise d'otage a lieu à l'Hyper Cacher. Je m'y rends immédiatement, et là, je vois comme une scène de guerre : à l'arrière, les services de secours, à l'avant, les forces de l'ordre. Je discute avec Bernard Cazeneuve, il me dit : Le cauchemar recommence.* »

Anne Hidalgo
14e journée du procès des attentats de janvier 2015
Propos retranscrits par Aude Bariéty, *Le Figaro*

« *Un avocat de la défense demande ensuite au témoin qui a donné le feu vert à l'assaut contre l'Hyper Cacher. Réponse : Il y a une discussion entre le chef du RAID, le chef de la BRI et le directeur général de la police judiciaire. Cela remonte au ministre de l'Intérieur, autorité administrative de tutelle, qui donne le feu vert.* »

14e journée du procès des attentats de janvier 2015
Propos retranscrits par Aude Bariéty, *Le Figaro*

CHAPITRE 9
Cellule de crise du Raid

À 14h20, Jean-Michel Fauvergue, le chef de la FIPN[15], arrive avec ses adjoints Porte de Vincennes. Les forces de police, dont la BRI-PP[16], sont déjà présentes, ainsi que la première colonne du RAID. La deuxième colonne de l'unité renforcera la première peu de temps après.

Grâce aux informations fournies par Lassana Bathily, l'homme à la casquette et les personnes chargées du renseignement, le commandant opérationnel rassemblera les éléments nécessaires pour préparer l'assaut. Ils se serviront également des images de la caméra de surveillance avant que celle-ci soit détruite.

– Je suis Amedy Coulibaly. Je suis en relation avec Saïd et Chérif Kouachi. S'il leur arrive quelque chose, je tue tout le monde.

Premier contact entre Amedy Coulibaly et les négociateurs du RAID et de la BRI.

À 16h, le ministre de l'Intérieur, Bernard Cazeneuve, arrivera sur place et s'enquerra de la situation. La réponse de Jean-Michel Fauvergue sera sans appel :

– Si on veut préserver des vies humaines, il va falloir donner l'assaut. Je ne vous garantis pas de sauver tous les otages. Il y

15 Force d'intervention de la Police nationale.

16 Brigade de recherche et d'intervention appartenant à la Direction régionale de la police judiciaire de Paris.

aura peut-être des pertes chez nous aussi. Mais on va le faire ! On va y aller[17] !

À 16h30, l'Élysée validera un assaut simultané pour 17h30, Porte de Vincennes, pour neutraliser Amedy Coulibaly, et à Dammartin-en-Goële pour neutraliser les frères Kouachi.

Cependant, les choses ne se passeront pas comme l'avaient anticipé les forces de l'ordre. Les frères Kouachi sortiront de l'imprimerie peu avant 17h. Jean-Michel Fauvergue sera donc averti que l'assaut à Dammartin-en-Goële a commencé. Les échanges fuseront et il recevra l'autorisation de l'Élysée pour lancer l'assaut Porte de Vincennes, immédiatement.

Les chaînes de télévision seront sommées de ne rien diffuser en direct. Coulibaly ayant accès aux informations de BFM TV, il doit rester dans le flou, ne pas savoir ce qui se passe pour les frères Kouachi.

Les artificiers du RAID placeront 120 grammes d'explosifs devant la porte arrière.

Les deux colonnes du RAID, elles, s'avanceront et se posteront de chaque côté de l'entrée principale.

Un opérateur déverrouillera la grille grâce à la clé fournie par Lassana Bathily.

****

Les tirs sont assourdissants. Sept minutes, apprendrai-je plus tard.

Les minutes les plus longues d'une vie.

Les otages sont recroquevillés au fond, à gauche, du magasin, tandis que moi, je me trouve près d'eux, caché sous une étagère.

---

17 Jean-Michel Fauvergue, patron du RAID, Mareuil Éditions, 2017.

****

Amedy Coulibaly est complètement perturbé. Surpris. À l'arrière, les officiers sont bloqués, il y a trop de palettes pour qu'ils puissent pénétrer, mais ils ne cessent de lancer leurs grenades pour distraire le tigre. L'une d'elles, se logeant dans le faux plafond, provoque un éboulement et Coulibaly panique, croyant que des policiers se trouvent sur le toit.

Un premier homme pénètre à l'avant du magasin. Il longe le mur droit, protégeant ainsi les otages qui se trouvent de l'autre côté. Il est équipé d'un lourd bouclier pare-balles.

Il endosse une responsabilité très lourde : il risque sa vie en servant de cible pour le terroriste, mais son objectif est atteint : il parvient à capter l'attention du fou.

****

Alors que les balles et les grenades ne cessent de pleuvoir, j'essaie de garder un œil ouvert. Je veux voir. Je veux voir si la mort se tient près de moi. Mais surtout, si elle se tient près de lui. Je le vois, l'air complètement déconnecté. Il ne saisit pas tout de suite ce qui se passe, n'avait pas anticipé toutes les éventualités. Là où les vrais soldats sont entraînés, lui est démuni et fatigué. La drogue n'agissant plus à 100% sur son métabolisme, il a perdu de précieuses minutes et agit sans réfléchir. Il ne regarde même pas les otages tant il se concentre sur l'homme du RAID qui lui fait face. Il tombe dans le piège, s'équipe de ses fusils et fonce.

Soudain, je l'aperçois : son corps inerte au sol. Une vague de soulagement s'apprête à s'abattre sur moi.

Mais elle repart aussitôt, la tempête n'est pas finie. Et du cataclysme, il renaît. Je le croyais mort !

Je me souviens des poulets qui vivaient attachés sur la chaussée près du mellah, je me souviens des spasmes qui agitèrent le corps de l'un d'eux après qu'on lui avait coupé la tête. Il avait déambulé ainsi sur cinq mètres, sous les rires des enfants et les exclamations outrées de leurs mamans.

Comme pour le poulet décapité, un dernier sursaut de vie s'empare de l'ennemi. J'aperçois furtivement la grimace horrible qui déforme son visage inhumain lorsqu'il se relève. Ce n'est plus un homme, c'est une bête, ce n'est plus un fou, c'est un terroriste. Et soudain, il bondit.

La vie s'échappe de ses blessures, elles sont innombrables… aux jambes, aux bras, à la tête. Mais il s'élance. De nouveau, ce ralenti, ce moment terriblement incroyable, où nous, témoins de l'horreur, nous nous disons : « Ce n'est pas possible. »

Il hurle, brandit son arme. Il a la bave aux lèvres, du sang s'écoule sur son visage, qu'il n'essuie pas. Pendant une fraction de seconde, je vois son regard déterminé, le sourire furtif qui étire ses lèvres. Il jouit de l'instant. Il ira jusqu'au bout. Il bande ses muscles ensanglantés, la douleur ne semble pas entraver sa résolution. Il est résolu, c'est ça. À mourir. Comme un martyr. Pour Allah.

Il se propulse, le film s'accélère, la fin approche. Enfin.

Il se fout des cadavres. Je le vois écraser le dos de l'un d'eux, et je devine le craquement des os sous la violence de la pression. Il bouscule les jambes raides d'un autre. Pour lui, ce n'est rien d'autre que du bois mort, un obstacle insignifiant. Mais c'est un corps ! Un vrai corps ! Je vois la mort piétiner les morts.

Et mon cœur se serre. Les larmes me montent aux yeux. Le raz-de-marée de ma détresse ne va pas tarder à faire voler en éclats les barrières qui enclavent ma raison vacillante. Les images se mélangent, se superposent, je vois des gilets noirs, un grand bouclier, j'entends les balles qui fusent, une fois, dix fois, puis une dernière détonation.

Plus forte, cette fois-ci. Dans l'encadré de la porte se dresse une silhouette, elle aussi déterminée, qui ne vacille pas. Et le corps du poulet s'effondre pour de bon. Le thorax explosé. Le corps propulsé en arrière. Sa tête heurtant violemment le sol. Plus aucun spasme ne l'agite.

C'est fini. Je regarde ma montre, mon ancre : il est 17h19. Le fou de Dieu est mort.

Je suis le fou de la vie, et je suis vivant.

****

– Combien de morts ?

– Quatre, à l'intérieur de la supérette.

– Combien d'opérateurs blessés ?

– Cinq.

– Combien d'otages ou de blessés pendant notre intervention ?

– Zéro.

– Des explosifs ?

– Oui, c'est piégé au rez-de-chaussée du magasin.

– OK, appelez les démineurs et faites les sous-sols en prenant toutes les précautions.

CHAPITRE 10
Entre l'ombre et la lumière

Hôpital d'instruction des armées du Val-de-Grâce

Autour de nous, il se passe une multitude de choses. Un mouvement constant nous enveloppe, comme une brume épaisse dont nous ne parvenons pas à nous extirper, dont nous ne parvenons pas à distinguer les détails. Nous sommes aveugles tandis que nous sortons un à un à la lumière.

Nous sommes dans le *Nistar*.

Tout comme le monde possède deux facettes : celle que nous connaissons – celle qui est là, tangible sous nos yeux – et celle dont nous ignorons encore tout – voilée et inconnue, la Torah possède ses deux côtés : le *Niglé*, ou la Torah dévoilée, et le *Nistar*, la Torah cachée. C'est un horizon qui nous appelle, dont nous nous rapprochons un peu plus chaque jour. Le *Nistar* est la vérité, la délivrance.

Je suis dans la brume, je suis dans la vérité ce jour-là, tandis que je sors de quatre heures d'enfer. Quatre heures qui n'ont rien à voir avec ce que j'ai vécu de pire à la guerre.

Le fatalisme s'abat sur moi et je vois sur les visages bouleversés qu'il s'abat sur d'autres aussi. Je me sens mal guidé, mal entouré et mal conditionné. J'ai le sentiment qu'à force d'essayer de m'intégrer, et peu importent les efforts déployés pour y parvenir, je ne serai jamais à ma place en France.

Cet attentat m'a fait ouvrir les yeux, m'a fait voir le *Bahir* : la clarté. Un sentiment d'injustice m'a étreint le cœur, comme si tout cela était prévisible, comme si nous aurions pu l'éviter.

Depuis ce jour-là, ma vision sur le monde a changé et je constate jour après jour, encore aujourd'hui, combien l'insécurité règne en France.

La veille, on présumait que c'était l'école juive de Montrouge que Coulibaly visait. Si cela était vraiment le cas, les lieux juifs aux alentours auraient dû être sécurisés, l'information aurait dû circuler.

Ce qui s'est passé ce jour-là n'est pour moi qu'une succession d'incompréhensions. C'était très dur pour certains otages d'assimiler ça, parce que l'attentat était prévisible, mais nous n'avons pas été protégés.

J'aurais aimé savoir qu'à Montrouge un événement suspect s'était déroulé, j'aurais aimé venir près de cette école en pleine connaissance de cause, en restant sur mes gardes, qu'on me laisse prendre la décision de peut-être risquer ma vie ou non.

Certains, je m'en rends compte, avaient déjà conscience d'une chose, ce n'était pas mon cas jusqu'à ce jour-là, j'espérais encore : nous ne sommes à l'abri nulle part. Personne ne l'est réellement.

Je vois régulièrement des reportages et certains m'ont marqué plus que d'autres, car nous constatons à quel point nos agents de sûreté ne sont pas préparés aux risques de leur métier. En parallèle, on nous montre comment frauder, comment obtenir illégalement les documents nécessaires pour telle ou telle embauche, et l'on comprend finalement que la fraude a encore de beaux jours devant elle et que nos entreprises ont du souci à se faire concernant la sécurité de leurs locaux et de leurs données.

Le Bahir.

Lorsque nous sommes sortis, un à un, nous étions tous désorientés. Soulagés, certes, mais nous avions été confrontés à la mort. Je ne crois pas qu'on puisse faire éclater sa joie dans un moment pareil. Il devait nous tuer. Il était armé jusqu'aux dents, prêt à nous abattre jusqu'au dernier. Nous avons côtoyé LA mort et les morts pendant quatre heures. Le soulagement ne saurait guérir les tourments de l'âme.

En sortant de là, nous sommes montés dans un camion de la BRI, un fourgon blindé, et, me concernant, le temps des questions était déjà là. Je suis un ancien militaire, j'ai ressenti d'immenses remords après coup. Je m'en suis voulu de ne pas avoir fait plus, de ne pas avoir pu le neutraliser.

Et malgré nous, la peur s'installe, irrémédiablement. Aujourd'hui, avant de pénétrer dans un magasin cacher, je passe plusieurs minutes à observer les alentours, à épier le comportement des passants autour de l'enseigne. Je n'y passe jamais plus de cinq minutes.

Je m'interroge aussi sur ma propre communauté. J'ai l'impression que les Juifs sont endoctrinés eux aussi. Nous avons un code vestimentaire, une pensée unique, me semble-t-il, ce qui nous démarque, ce qui fait de nous des cibles. Peut-être faudrait-il que nous soyons des messieurs Tout-le-monde en apparence.

Peu à peu, nous nous conduisons différemment, nous affichons de moins en moins notre appartenance, nous devons rester discrets, courtois et, surtout, être comme le commun des mortels. Nous ne devons pas être désignés, ne devons pas porter de signes distinctifs tels que nos barbes, nos vêtements. Il faut se fondre dans la masse, ne pas se faire repérer et respecter tout le monde, car c'est l'un de nos préceptes… *Méfie-toi de lui, mais fais-lui les honneurs…* Je ne sais pas si c'est ça le plus triste : ne pas montrer notre appartenance, ou bien la montrer et se condamner à des actes de violence.

Je me demande ce que nous allons devenir, nous, les Juifs de France, si le pays n'est pas en mesure de protéger ses citoyens.

Je parle de la France parce que j'y vis depuis quarante ans, hélas, les choses ne se passent pas mieux dans le reste du monde. Aux États-Unis, c'est peut-être pire, en Israël le climat politique est lui aussi extrêmement tendu.

Jusqu'à quand perdurera cette déferlante de haine ?

Je me demande si un jour les gens cesseront d'avancer aveuglément dans ce système bancal, s'ils ouvriront les yeux, s'ils réfléchiront et accéderont eux aussi au *Bahir*. Quand la majorité possède la pureté au fond du cœur, il suffit d'une poignée pour semer le chaos.

Les otages ont ensuite été conduits dans un hôpital éphémère monté sur la place, à proximité de l'Hyper Cacher. Parmi les nombreux médecins qui nous auscultaient, qui soignaient les blessures du corps, se trouvaient aussi des psychologues qui allaient entamer un long processus pour la majorité d'entre nous.

Nous avons ensuite été conduits à l'Hôtel-Dieu pour des examens complémentaires, plus approfondis. Enfin est venue l'heure de ma déposition. Je suis sorti du commissariat vers 2h du matin.

Le colonel qui a pris ma déposition est le seul que je revois régulièrement aujourd'hui. Nous échangeons, partageons des informations. Si quelque chose, un événement, me paraît étrange, nous en débattons.

Le lendemain matin, je me suis réveillé et j'ai vu le jour filtrer à travers les volets. C'était une nouvelle journée, une journée comme une autre. Il était 9h et j'étais opérationnel, comme à mon habitude.

Je crois que dorénavant il va falloir vivre, travailler, dans un système de probabilités. Les forces de l'ordre utilisent des algorithmes pour cibler les dangers, alors ils ciblent par quartiers, par groupes d'individus, malheureusement par la couleur de peau.

On est tous bruns, on est tous pareils, on est tous égaux. C'est avec ce système qu'ils essaient de prévenir les attaques, aux États-Unis, cela fait longtemps que ça existe.

Là-bas, ils parviennent aujourd'hui à prévenir rapidement les attaques et à les déjouer.

Chez nous, il va falloir qu'on se réveille, qu'on trouve les solutions adéquates, car l'escalade de la violence est loin d'être terminée. C'est une guerre de religion, mais aussi une guerre de territoire, l'Orient contre l'Occident, et nous sommes en plein milieu.

Je parle au nom de ma communauté, que je connais, je ne peux pas parler au nom des autres. Mais, en ce qui nous concerne, je nous vois depuis toujours sur la ligne de mire, pris en étau par les plus grandes puissances mondiales. J'ai l'espoir vissé au cœur que le peuple juif ne disparaîtra jamais. L'Histoire nous a prouvé que nous étions un peuple résistant.

Mon traumatisme à moi a mis longtemps à se révéler. Ce sont des choses banales du quotidien qui, peu à peu, m'ont fait sombrer dans un état post-traumatique, à retardement. C'est le besoin de solitude, la peur irraisonnée de sortir de chez moi, la peur des concentrations, la peur des manifestations.

J'ai assimilé les concentrations humaines au risque terroriste, si bien que je parvenais à peine à mettre un pied dehors. Des psychologues et psychiatres m'accompagnent depuis.

Ce suivi me fait du bien, nous parlons de ce que je vis actuellement, mais nous essayons de réparer mes fêlures.

Pendant longtemps, je ne dormais que quatre heures par jour, et ce, toutes les vingt-quatre heures. Le manque de sommeil est bien plus destructeur que ce qu'on peut imaginer. Je dormais alors de 5h à 7h du matin, plus une petite sieste l'après-midi, puis je passais des nuits devant les écrans pour échapper à la terreur que m'inspirent les ombres. Chaque fois que mes yeux se fermaient, je me retrouvais en guerre avec quelqu'un. Tout ce qui s'est passé ce jour-là revenait en rafale, une fois mes paupières fermées. Je revivais ces scènes et une seule question me taraudait au réveil : pourquoi nous ne nous sommes pas battus à forces égales ? Pourquoi sommes-nous démunis ?

J'ai donné quinze ans de ma vie à l'armée en tant que réserviste, c'était une déchirure pour moi de ne pas pouvoir défendre ces personnes alors que j'aurais été capable de le faire. Ce sentiment de culpabilité m'a hanté pendant longtemps, le fait de ne pas avoir pu les sortir de là moi-même.

Ma psychologue m'a dit vouloir écrire une thèse sur mon cas. D'ailleurs, elle m'appelle comme ça : le cas.

À présent, quand je me balade dans la rue, j'imagine des attentats. Lorsque je me couche le soir, dans mes rêves, je vois des attentats. Nous ne pouvons obtenir le port d'arme pour nous défendre, et heureusement d'une certaine façon. Il va falloir miser sur la *Horna*, le discernement. Nous fier à notre intelligence, à notre intuition. C'est ce que le peuple juif a toujours fait jusqu'à présent. Et je crois que si je n'avais pas eu ces quatre heures de lucidité, je serais probablement parmi les morts moi aussi. J'en appelle à l'intelligence de mes concitoyens, à celle de mes amis d'ici et du Maroc.

Malheureusement, de nos jours, une seule brebis galeuse suffit à mettre une nation en péril. Parce que la nation n'est pas soudée autour des principes que, pourtant, elle défend : la Liberté, l'Égalité et la Fraternité.

Au lendemain de cette journée, nous n'avons pas été rappelés, l'enquête suivait son cours. Des dizaines d'arrestations s'en sont suivies afin de déterminer le donneur d'ordres, ceux qui se sont procuré les armes, les voitures, les endroits où ont logé les terroristes…

Nous ne savons pas qui Coulibaly a appelé depuis l'Hyper ni à qui il a transmis les photos. Et tant que nous resterons dans l'ignorance, nous courrons un danger.

Je n'ai participé qu'à une seule réunion où se trouvaient les rescapés. C'était à l'Élysée, mais je ne connaissais personne et je n'ai revu aucun des 26 otages après ça. Des proches les accompagnaient, mais se tenaient aussi les officiers de la BRI, du RAID, tous ceux qui avaient participé de près ou de loin à déjouer ces deux attentats simultanés. Nous étions près de 250 personnes au total. Parmi elles se trouvait l'un des officiers du RAID, d'origine arabe. Le pauvre homme avait les deux jambes dans le plâtre et nous avons beaucoup discuté avec son épouse. Tous deux étaient d'une humanité incroyable qui m'a fait chaud au cœur. Je me suis alors demandé quel était ce mal, si profondément enraciné, qui nous empêchait de fraterniser.

Malgré cette réunion et parce que je ne me suis jamais affiché en public, je crois que beaucoup de rescapés n'ont toujours pas compris mon rôle. Je me suis présenté comme un musulman, j'ai pactisé avec le diable en quelque sorte, il fallait que je me différencie. L'une des victimes a été abattue parce qu'elle avait tenté de le désarmer. Cela nous a prouvé, à moi tout du moins, que la force ne nous aiderait pas à nous en sortir. Il fallait ruser. C'est ce que j'ai fait.

Et honnêtement, je me sens en danger à chaque instant. Avec sa caméra embarquée, il a filmé nos visages, et je sais que le mien est visible sur les sites islamiques. C'est comme si j'avais une cible dans le dos pour avoir trahi Coulibaly, pour l'avoir conduit à sa perte. Je préfère rester seul plutôt que de m'afficher lors d'un rassemblement de personnes juives. Je les mettrais toutes en danger.

Heureusement, la photo n'est pas très nette et cela fait sept ans que les événements se sont produits. Quoi qu'il arrive, je suis sûr d'une chose : je ne pourrai plus vivre en France. Je vieillis et je sais qu'il est temps pour moi de regagner Israël.

Actuellement, j'ai un statut de victime, et ce statut ne me convient pas. Victime, certes, retraité, traumatisé, mais pas abattu, pas encore. J'ai l'impression tenace d'être victime parce que juif, et je trouve cela insupportable. Je suis toujours sur mes pieds et je me battrai jusqu'à mon dernier souffle. La montée en Israël est souhaitable et je pense que la communauté juive finira par immigrer dans les années à venir. Ils partent déjà par centaines, bientôt ils le feront par milliers. Comme on a quitté le Maroc, l'Irak, le Yémen, on quittera la France. Pour ma part, quitte à ne pas être en sûreté, parce que je ne le serai peut-être pas plus là-bas, je serai au moins parmi les miens, là où on ne me regardera pas de travers parce que juif.

Mes enfants sont tous en Israël, tous mes fils ont fait l'armée, occupent des postes intéressants, mènent une vie confortable. J'ai sept petits-enfants qu'il me tarde de retrouver. Je souhaite sincèrement finir mes jours auprès d'eux. Et puis, si je peux encore me rendre utile là-bas, je le ferai avec joie. Je suis âgé, mais lorsque vous êtes militaire, vous le restez toute votre vie. Il n'y a pas d'âge là-bas pour occuper des postes dans la sécurité.

En attendant de partir, je ne m'ennuie pas et je commence seulement à m'extirper de l'état de léthargie dans lequel j'étais plongé. Je m'enfuis dans la littérature avec les quelque 600 livres que je possède, je circule dans mon quartier, plus sereinement qu'auparavant, je discute avec mes voisins.

Aujourd'hui, je crois que nous devons trouver les bons moyens pour mener cette guerre d'usure qui perdure depuis la nuit des temps. Une guerre entre les guerres. Nous devons fouiller au plus profond des mondes pour voir où nous en sommes et vers quoi nous voulons nous diriger.

De mon côté, je vais profiter de ma petite retraite en Israël, cesser de me morfondre et attendre le Messie. Parce que le Messie est en chacun de nous, c'est nous qui devons le créer et le faire exister.

Le témoignage que vous venez de lire relate l'histoire de Harone, l'homme à la casquette – dont le nom a été modifié pour des raisons de sécurité –, c'est son histoire, son vécu, son ressenti lors de cet attentat meurtrier. Nous le remercions encore profondément pour le temps qu'il nous a accordé, pour ses lumières sur ce petit morceau d'Histoire que nous ne devons jamais oublier.

Harone vit actuellement à l'étranger, pour des raisons évidentes. En effet, son visage a été filmé par Amedy Coulibaly et son portrait circule auprès de ses commanditaires.

Encore une fois, nous lui renouvelons notre reconnaissance.

Les auteurs

PARTIE 2

«Un grand pouvoir implique de grandes responsabilités.»
Peter Parker, alias Spiderman

LES QUATRE FANTASTIQUES

– Joyeux anniversaire, papa ! Joyeux anniversaire !

J'entre dans la pièce, accueilli par les cris joyeux de mes enfants qui n'arrivent pas à rester cachés trop longtemps pour me faire la surprise. Leurs cris de joie me donnent du baume au cœur, je me sens si fier d'eux à cet instant…

– Merci, mes chéris !

L'émotion me serre la gorge, me vrille les tripes. Leurs visages heureux sont ce que je chéris le plus chaque jour qui passe.

– Tiens, papa, voilà tes cadeaux !

Ils peinent à retarder l'instant. Je devine des dessins à moitié froissés derrière leur dos, la couleur d'un paquet également. C'est le plus petit qui commence, me tendant sa feuille colorée où je devine une jolie maison, le bleu du ciel et des personnages oscillant entre la frite et la patate, tous flanqués d'un grand sourire.

– Waouh ! Il est super beau, ton dessin !

La grande fait la moue, avant de me tendre son paquet. L'emballage est rouge, la forme rectangulaire, je devine aisément quel type d'objet se trouve à l'intérieur.

– Tiens ! Ça, c'est ton vrai cadeau ! On sait que tu aimes les livres, et tonton Cyril nous a dit de t'acheter celui-ci, il était persuadé que ça te ferait très, très plaisir !

Avec empressement, je déballe le paquet. Je ne savais pas qu'en ouvrant ce cadeau j'allais trouver la piste qui m'amènerait sur le chemin de mes réponses. Je découvre alors une reproduction collector, du 8 août 1961, du tome 1 des *Quatre fantastiques*, couvrant les années 1961 et 1962. Mon sourire s'élargit en voyant l'une des créatures de L'Homme-Taupe sous le trait de crayon de Jack Kirby. Je sais déjà que le volume va être un coup de cœur. L'original valant plus de 250 000 dollars, mon ouvrage a quand même la particularité d'être signé par son auteur, Stanley Marin Lieber, dit Stan Lee, qui n'est ni plus ni moins l'un des inventeurs de l'ensemble des personnages de Marvel, une pépite qui vaut de l'or aujourd'hui.

Les Quatre Fantastiques raconte l'histoire de chercheurs qui, à la suite d'une mission spatiale pour laquelle la sécurité de leur fusée était défaillante, ont été exposés à des radiations cosmiques. Après leur retour sur Terre, les quatre chercheurs découvrent que leurs corps ont été profondément modifiés par ces radiations, leur conférant des super-pouvoirs. Ces derniers ne sont pas sans rappeler les quatre éléments métaphysiques : le feu, la terre, l'eau et l'air.

J'embrasse mes enfants avec force câlins, mon idée prenant de plus en plus de place dans mon esprit. Il ne me reste plus qu'à faire mon tour de casting pour incarner le nouveau remake de mes *Quatre Fantastiques*, que j'imagine venir à ma rencontre afin de m'éclairer de leurs lumières sur ces questions : Qu'est-ce qu'un héros ? Naît-on héros ? Comment faisons-nous pour devenir un héros ? L'héroïsme est-il transmissible ? Enfin, l'héroïsme est-il un super-pouvoir ?

Les auteurs

« Dis-moi quel héros tu voudrais être,
je te dirai qui tu es… »
RAPHAËL ENTHOVEN

Mercredi 23 juin 2021, 8h du matin, rencontre avec un des Quatre Fantastiques, alias l'Homme élastique, au café de la Rotonde, boulevard du Montparnasse

Dans l'univers Marvel, Reed Richards est considéré comme un prodige, c'est un scientifique de renom, probablement l'un des hommes les plus intelligents créés par Stan Lee. C'est un homme de confiance qui a une personnalité fédératrice : il prendra la tête des Quatre, s'exprimera davantage face aux caméras et deviendra le référent du groupe. Charismatique, à l'instar de notre premier invité, notre homme a du charme, brille par son calme et son élocution parfaite. Néanmoins, c'est également un homme de l'ombre, un intellectuel qui, au-delà de son image publique, préfère s'isoler et qui n'hésite pas à se reposer sur sa compagne, Jane Storm. C'est également le cas de notre premier intervenant, le très estimé Raphaël Enthoven, essayiste, agrégé de philosophie, animateur de radio et de télévision, qui lui aussi peut compter sur la présence indéfectible de son épouse, dont la carrière est intimement liée à la sienne.

Connu pour avoir une peau élastique, dont la fluidité des mouvements qui en découle rappelle les mouvements de l'eau, l'homme avec qui j'ai rendez-vous aujourd'hui a un pouvoir semblable.

Comme l'Homme élastique, qui est capable de tordre et d'allonger ses neurones, il est capable de tordre les mots et les idées, de vous expliquer les choses les plus compliquées de la manière la plus simple. Je vous propose de vous en donner l'origine, d'en dégager l'essence, d'en expliquer la genèse.

Je ne pense pas que ce soit un hasard ou un acte manqué, comme dirait Jacques Lacan, qu'il m'ait donné rendez-vous au café La Rotonde, non loin de la brasserie La Coupole. Cette dernière, qui servait autrefois près de mille couverts par jour, reste connue et ancrée dans les mémoires pour les personnalités qui s'y sont succédé, écrivains, acteurs et actrices, mais aussi peintres et sculpteurs. Je passe devant et repense aux frasques étalées dans les journaux d'antan, aux dames qui sortaient leur bourse pour une danse avec un jeune cavalier, à Joséphine Baker et au guépard en laisse qui trônait dans son sillage, à Albert Camus qui avait choisi ce lieu en 1957 pour célébrer son prix Nobel de littérature. La brasserie mythique s'est depuis offert un rafraîchissement, guettant le retour de son antique renommée, cherchant à regagner la confiance et l'amour des Parisiens.

C'est avec ces images en tête que j'arrive dans le café voisin, cherchant du regard mon premier Fantastique, jusqu'au moment où le serveur me fait un signe discret, m'indiquant que je suis attendu au fond de la salle dans la petite alcôve de droite.

Il est là : jus d'orange pressé, café allongé, croissants, salade de fruits posés sur la table comme s'il prenait des forces avant notre discussion.

– *Γεια.*

L'accent est chantant, je devine les consonances latines et, face à moi, le sourire de mon invité s'élargit, il darde sur moi un regard empreint de malice.

– Pardon ?

– C'est « bonjour », en grec.

– Ah oui, c'est vrai ! J'aurais dû le savoir, j'ai fait toute ma jeunesse télévisuelle avec Nikos !

– Une petite mise en bouche de ma part. Vous vouliez parler des héros, alors je crois essentiel de commencer par le commencement.

Je dégaine mon téléphone, prêt à enregistrer notre conversation. Cela me donnera le loisir de l'écouter attentivement, sans en perdre la moindre miette. Déjà, sa voix chaleureuse me plaît, et sa posture laisse deviner sa mise élégante. Ses longues mains soignées enserrent sa tasse de café et lorsqu'il m'aperçoit, je devine ses yeux rieurs, un sourire prêt à s'épanouir sur un visage charmant. Il est pourvu de la grâce que je présumais et confirme la bonne impression qu'il m'avait faite au téléphone : il semble avenant et sympathique. Reed Richards n'aurait vraiment rien à lui envier.

– Je vous écoute avec plaisir.

– Savez-vous que les Grecs sont obnubilés par l'idée de la maîtrise ? La statuaire grecque, par exemple, c'est exactement ça. C'est ce que montrent Phidias et Praxitèle, deux célèbres sculpteurs de l'Antiquité. La statuaire grecque repose sur l'idée que la beauté est un écho du divin, et que la forme prise par le divin, par le rayonnement divin sur cette existence, c'est la symétrie, c'est la géométrie. C'est pour ça qu'ils ont des corps parfaits, qu'on parle de statuaire grecque. La maxime fondamentale de la sagesse grecque, c'est « *Mêdèn agan* », c'est-à-dire « Rien de trop ».

– Rien de trop ? Comment ça ?

– Les Grecs étaient les premiers à observer que l'avant-bras faisait la taille du pied. Et ils en avaient déduit des choses, qui sont toujours vraies d'ailleurs, sur la nature humaine. Ce sont les premiers Renaissants qui avaient conçu l'idée d'une statuaire sur un modèle parfaitement géométrique. Parce que la maîtrise impliquait la limite. Vous connaissez le dieu Apollon, je présume ?

Je hoche la tête, répondant par l'affirmative.

– Apollon est le dieu assassin. Au-delà de la beauté masculine, il est celui qui connaît les dangers de la démesure, qui impose aux humains l'architecture, l'orthographe, la musique, la séparation entre les mots, les limites. Tout ce qui permet aux humains d'être des humains.

– Vous parliez de maîtrise, pour les Grecs, qu'est-ce donc que la maîtrise ? Se résume-t-elle au corps humain ?

– Ce qui est sublime avec le Grec, c'est que la maîtrise, la véritable maîtrise est la maîtrise de soi, et non pas la maîtrise des quantités d'humains, c'est plus facile d'être Nabuchodonosor que d'être Freud. La vraie maîtrise étant la maîtrise de soi, dans la statuaire grecque, la verge est menue. Parce que la vraie force n'est pas l'ampleur de l'organe, mais la capacité à s'en servir à volonté. La maîtrise n'est pas dans la puissance, mais dans le contrôle de la puissance. Plus tard, au Moyen Âge, au temps de la féodalité, la virilité comme exercice de maîtrise sur soi est remplacée par la virilité comme exhibition de la puissance.

– De nos jours, c'est une tendance qui tend à s'inverser pourtant, non ?

– C'est vrai, nous avons tendance à confondre « les couilles » avec le cœur. Étymologiquement, le « courage » vient du latin *cor*, « le cœur ». On prend « les couilles » pour le courage, ou « les couilles » pour le cœur, c'est-à-dire la force pour la puissance, c'est-à-dire la violence pour la force, et donc un régime de confusion générale au bout duquel on finit par indifférencier moralement le héros. Et on se retrouve avec des héros nazis, on finit par évaluer uniquement le courage à la témérité.

– L'image du héros a-t-elle beaucoup évolué ? Je pense à mes enfants, ils ne rêvent ni d'être Hercule ni, encore moins, Freud.

– Tout comme ils ne rêvent plus seulement d'être pompiers ou policiers. Aujourd'hui, les enfants se rêvent aussi forts que Batman ou Wonder Woman, aussi rapides que Flash, aussi ténébreux que Spiderman. Le rôle des héros dans la conscience collective est important parce que ce sont des métaphores, des transpositions. Le choix d'adhérer à l'un ou à l'autre, ou de s'identifier à l'un ou à l'autre, est un renseignement sur son propre rapport à l'existence.

– On parle donc de super-héros, se ressemblent-ils tous ?

– Non, j'identifierais deux familles de super-héros : les amplifiés et les augmentés. Ce n'est pas la même chose. Captain America, par exemple, est un amplifié. C'est-à-dire qu'il est à lui-même sa propre force. Héros patriotique créé par Joe Simon, Jack Kirby et Martin Goodman, tous trois juifs. Alors que la Seconde Guerre mondiale fait rage, il représente le jeune soldat recalé pour ses faibles dispositions physiques, qui sera néanmoins remarqué par un général. Ce dernier lui proposera ainsi de se prêter à une expérience. Le sérum du super-soldat (SSS) lui sera administré, faisant de lui un être parfait, doté de pouvoirs exceptionnels. Il sera à lui-même sa propre force, c'est un amplifié, c'est-à-dire que son identité même est modifiée : il n'est plus Steve Rogers, il est Captain America. C'est pareil pour Hulk. C'est un amplifié. Superman également. C'est-à-dire qu'il est accidentellement Clark Kent, mais en réalité, il est Superman, c'est son identité profonde.

– Les augmentés, qui sont-ils ?

– Batman, déjà. Car Batman, sans ses accessoires, c'est Bruce Wayne. D'ailleurs, quand on lui demande son super- pouvoir, Batman répond : « Je suis riche. » Parce qu'il n'en a pas d'autres. Alors c'est un pouvoir considérable, mais c'est le seul qu'il ait. Flash, à l'inverse, est un amplifié. Il va à la vitesse de la lumière. Mais Batman, tout seul, sans sa voiture, comme vous et moi, il marche. Et puis il y a ceux qui sont à mi-chemin : les amplifiés augmentés. Thor est amplifié de par sa force, c'est le dieu du Tonnerre, mais sans son marteau, Mjöllnir, il est moins fort, il a besoin de son outil.

– Dis-moi quel héros tu voudrais être, je te dirai qui tu es...

– C'est exactement ça, me répond-il en rigolant. Batman, dans l'univers Marvel, est le plus solitaire de tous les héros, celui qui met sa fortune au service de la construction d'un groupe. C'est celui qui conçoit le projet. Il joue un rôle semblable à celui d'Iron Man, dans l'univers de DC Comics, qui met également sa fortune au service de la construction d'un groupe. Est-ce que le fait de s'identifier à un super-héros, s'identifier à Batman, c'est s'identifier à quelqu'un qui contourne la loi pour défendre la loi, qui met d'abord sa fortune au service d'un projet de vengeance, qui, dans le meilleur des cas devient la construction d'une bande ? S'identifier soi-même comme un hors-la-loi, comme quelqu'un capable de se mettre en prison s'il tombait sur lui-même, quelqu'un qui sombre dans l'obscurité, souhaitant y être annihilé et disparaître soi-même dans l'ambition de rendre une ville enfin pure, et dont les bonnes intentions sont constamment contrariées par le fait que la vie l'invite à la noirceur... Cela nous en apprend plus sur une personne que son souhait de devenir professeur ou pompier. Il y a plus de différences entre celui qui se veut Superman et celui qui se veut Batman, qu'entre celui qui se donne le rôle d'une vertu officielle et celui qui trouve en lui-même sa propre justification.

– Pensez-vous que « L'homme à la casquette » se rapproche de ce qui fait un héros de nos jours ?

– C'est un homme qui, à intervalles réguliers, dans son existence, dans des concours de circonstances chaque fois improbables, reçoit comme une bénédiction l'information qu'il ne peut rien lui arriver. Et l'ombre portée de cette bénédiction, ou de cette information, ou de cet onguent métaphysique, fait qu'il accomplit des choses qu'il n'aurait probablement pas accomplies sans ça.

– On peut donc parler d'héroïsme ?

Raphaël observe quelques instants le café encore fumant dans sa tasse, soudain songeur, l'air grave de celui qui doit répondre à une question cruciale. Il saisit sa tasse et avale la dernière gorgée d'un trait avant de la reposer sur sa soucoupe. Le bruit du verre tinte légèrement, annonçant le moment clé de notre conversation.

– Le héros n'est pas celui qui assume la responsabilité de son geste ni qui fait le meilleur usage possible de la bénédiction qu'il a reçue. Le héros, c'est celui qui, dans le geste qu'il accomplit, fait peu de cas de sa propre vie. C'est celui qui, dans le combat qui l'oppose au monde, aide le monde. C'est celui qui, dans la représentation des priorités, considère que ce qui n'a d'importance que pour lui n'a aucune importance. Là, on est en présence de quelqu'un qui, parce qu'il se sent peut-être béni, se donne aussi la liberté d'agir comme personne ne l'aurait fait. En matière d'héroïsme, c'est intéressant parce qu'il semble équipé d'une sorte de gilet pare-balles métaphysique, ce n'est pas la même chose d'agir avec ou sans gilet pare-balles, que le gilet pare-balles soit mental ou qu'il ne le soit pas.

Il y a donc une espèce de paradoxe entre l'action dépourvue de certitudes et l'action commencée en partie avec la présence d'un bouclier. Pour autant, il a risqué sa vie pour sauver celle des autres.

Le paradoxe de l'héroïsme, c'est que le héros est celui qui fait la plus belle chose de sa vie parce qu'il fait peu de cas de lui. C'est l'abnégation qui le conduit à la grandeur. C'est parce qu'il se tient lui-même pour peu de chose qu'il est capable de grandeur, c'est parce qu'il fait si peu de cas de lui-même qu'il passe aisément derrière une idée plus importante que lui. Faut-il faire peu de cas de soi pour considérer que la République passe avant, que la Résistance passe avant, que l'avenir de ses enfants passe avant ? Il y a une forme d'héroïsme dans tout ça. « L'homme à la casquette » fait peu de cas de lui en ce sens, mais c'est parce qu'il fait peu de cas de lui que sa vie va beaucoup plus loin qu'elle-même et le dépasse. Et c'est ça qui est beau dans l'héroïsme.

– Malgré tout, c'est un héros malgré lui. Et l'héroïsme, comment le définiriez-vous ?

– Comme une soumission à ce qui nous dépasse. Non pas dans le sens « plus fort que soi », mais dans le sens « plus important que soi ». Par exemple, le pompier est un héros parce que son geste est à lui-même son propre salaire. Dès l'instant où les gestes que l'on accomplit cessent d'être gratuits, à la seconde où l'on entre dans le calcul, la notion de héros n'existe plus. C'est comme un contrat de confiance. Où est la confiance quand elle est garantie ? Il n'y a pas de confiance, la confiance est un risque. Comme le saut de la foi. Tu fais le saut de la foi s'il n'y a rien. S'il y a une planche, ce n'est pas le saut de la foi.

L'odeur des croissants me chatouille les narines, je résiste à l'envie d'en croquer un morceau. Je prends doucement conscience de ce que peut être un héros, de ce que peut être l'héroïsme. Une question me taraude néanmoins. J'imagine qu'aux yeux de leurs partisans, les terroristes aussi doivent apparaître comme des héros.

– Pourquoi a-t-on du mal à parler d'un héros méchant ? Eux aussi possèdent tous les ingrédients du héros : la bravoure, l'abnégation ou le sentiment qu'ils sont moins importants que ce pour quoi ils combattent. Pourquoi a-t-on du mal à parler d'héroïsme quand l'ambition n'est pas noble, quand le discours n'est pas vertueux ? L'abnégation est-elle de même nature quand on se sacrifie à une cause détestable que lorsqu'on se sacrifie pour une cause noble ? Ne pourrait-il pas y avoir un héros nazi ? Ou un terroriste héros ?

– D'une certaine perspective, d'un certain point de vue et pour des tas de gens, c'est le cas, me répond-il, l'air grave. Dans le cas du terrorisme et du kamikaze, je crois qu'on peut échapper au problème. Parce que le terroriste est celui qui parie sur la récompense qui l'attend s'il se conduit comme il faut. S'il tue le maximum de mécréants, il rejoindra les 72 vierges au paradis. C'est une spéculation, au sens financier. Il trouve son compte dans cet échange, il trouve que sa vie vaut moins que l'éternité de délice qu'on lui promet s'il se conduit comme ça. Donc, on peut difficilement parler d'héroïsme. Le nazi, c'est une autre histoire parce qu'il est porté par autre chose que lui-même. C'est toute la différence qu'il y a entre l'abnégation du héros, celui qui est prêt à se sacrifier pour son prochain, et la dilution de l'individu dans un projet totalitaire. Ce n'est pas exactement la même façon de s'échapper de soi-même. Si demain matin on met en danger les vôtres et que vous vous sacrifiez pour eux, vous considérerez que d'autres vies sont plus importantes que la vôtre. Néanmoins, c'est l'individu que vous êtes qui, en toute liberté, en son âme et conscience, aura fait ce choix immensément respectable.

– La société est donc un élément à prendre en compte ?

– Ce n'est pas facile de se concevoir comme le membre d'une totalité close tel que le nazisme, dont notre propre disparition serait une anecdote au regard d'un tout qui, lui, perdure, et dont on est l'élément sacrifiable, le *burnable asset*, comme disent les Américains. Ou bien de considérer que librement on fait le choix de s'engager pour quelque chose de plus important que soi. La condition de l'héroïsme me paraît cette liberté. Un, la liberté, deux, l'absence de calcul. C'est-à-dire la liberté dans le choix de l'engagement, que n'a pas le nazi, et l'absence de calcul que fait le terroriste. Il en va de même des terroristes qui utilisent des stupéfiants, la « drogue du terroriste », pour annihiler leurs peurs. Ils prônent leur liberté d'action, sans entraves, mais ne sont pas dépourvus de l'absence de calcul. Des soldats sans peur ne sont pas des soldats héroïques.

– « Héroïsme » et « peur » seraient donc des termes antagonistes ?

– Oui, pour moi, ce ne sont pas des héros mais des antihéros. Quand on supprime la peur chez un soldat, c'est un antihéros qu'on fabrique. Puisqu'on fabrique quelqu'un qui peut tuer indifféremment un adversaire ou qui tiendra son adversaire pour son ennemi et qui le tuera en toutes circonstances aux dépens des lois de la guerre. On fabrique aussi quelqu'un dont on va mesurer la force à la quantité de prédation. Ce sont des antihéros parce qu'ils n'ont pas la limite de la peur. La peur est une limite qu'on doit vaincre, comme c'est une limite qui renseigne aussi sur le risque qu'on fait courir à ceux qui sont autour de soi. Un soldat sans peur ne peut pas être héroïque. Ce mythe repose sur l'idée que la dissipation de la peur vous rend plus fort. Or, il n'est pas de force sans peur vaincue, pas de force sans l'exercice d'un obstacle tel que celui-là. C'est comme dire qu'il n'y a pas de vagues parce qu'il n'y a pas de récif. Le contrepoint de la peur est indispensable à l'héroïsme, donc la fabrication d'un soldat sans peur n'est pas la fabrication d'un héros.

– Donc, lorsque les deux conditions de l'héroïsme sont remplies, cela veut dire que l'on peut devenir un héros ? Cela nous ferait basculer ?

– Exactement, parce qu'à un moment donné on ne réfléchit presque pas. Souvenez-vous de l'attentat dans le Thalys : des gens se sont jetés sur le terroriste armé d'une kalachnikov, pour le neutraliser. Aucun d'eux n'a accepté de se définir comme un héros. Tous ont récusé : « Je ne suis pas un héros. » Et surtout, tous disaient : « Je n'ai pas réfléchi. » La plupart se sont cachés, sous les fauteuils, dans les toilettes, dans la cabine, et tous avaient d'excellentes raisons : « Je ne suis pas compétent. » « Je ne vais pas mourir pour un trajet. » « De toute façon, le mec, on va l'arrêter. » « Je vais compliquer tout ça. » « Ce serait plus dangereux que j'intervienne plutôt que je n'intervienne pas. » « J'ai trois enfants, bordel ! » La prudence se donnait d'excellentes raisons et résonnait avantageusement et honnêtement. Devant les raisons du prudent, on s'incline. Le courageux, lui, ne s'en donnait aucune. Il y a là une dissymétrie extraordinaire qui atteste que ce n'est pas la quantité de vertu qui fait l'héroïsme mais l'absence de justification. Le courage est irréfléchi. Ou alors il n'est point courage. C'est la raison pour laquelle on n'est jamais assez courageux : on est toujours lâche une fois de trop, on se planque toujours une fois de trop. Le jour où on n'a pas envie d'y aller, toutes les fois où on y est allé avant n'excusent pas celle-là. Tout l'héroïsme dont on fait preuve ou toute la vie qu'on a eue ne valent que si, à l'heure d'être héroïque, nous en faisons le choix. Avoir été magnifique ne dispense pas de l'être encore. Et c'est toute la logique de l'héroïsme, l'exigence de l'héroïsme. Le courage comme l'héroïsme sont irréfléchis et ne sont jamais suffisants. La fin de l'héroïsme, c'est le contentement de soi. Cela me fait penser à ce que décrivait Jankélévitch : « *Tu deviens le commerçant de tes exploits, après avoir été l'artisan d'une vie magnifique.* » Il disait : « *Cet homme est aventureux, magnifique, et puis soudain il s'en aperçoit, il voit dans le regard des autres qu'on le prend pour un homme aventureux, et alors il devient un aventurier.* » La vertu est soluble dans la conscience de la vertu. Tu es quelque chose, tu t'en aperçois, tu fais grand cas du regard qui te renseigne sur ce que tu es, tu deviens le pitre de toi-même, et c'est terminé. Le danger, c'est l'infatuation de celui qui a été héroïque et qui brandit ça comme un bilan, présentant l'ardoise au ciel. Le vrai danger du héros, c'est lui-même, au moment où il s'endort. Je crois fermement que l'héroïsme reste une vertu de l'individu, la rencontre d'une circonstance et d'un comportement adéquat.

Je médite quelques instants ces dernières paroles, avalant d'un trait mon café devenu froid tant j'étais happé par son discours. Le héros, l'antihéros et les implications de la société... Beaucoup de questions encore me taraudent, dont j'espère avoir des réponses prochainement. Raphaël me fascine par son humilité, par sa capacité, comme l'Homme élastique, à pousser la réflexion à son paroxysme. Je lui adresse un sourire chaleureux, qui conclura notre entretien. Pour autant, je ne peux m'empêcher de sortir de ma sacoche l'un de ses ouvrages phares, qui reprend l'ensemble des chroniques qu'il faisait à la radio, pour une dédicace. Je me fais penser aux badauds qui acclament les Quatre Fantastiques, je suis, je crois, aussi groupie qu'eux.

– Merci, Raphaël, de m'avoir éclairé de vos lumières sur la compréhension de l'héroïsme.

– Ευχαριστώ αντίο και τα λέμε σύντομα[18], me répond-il, amusé.

18 « Merci, au revoir et à bientôt. »

« L'homme à la casquette, dans l'Hyper Cacher, n'aurait pas été un héros s'il avait pensé à lui ou sa survie... »

MARIACHA DRAI

Jeudi 8 juillet 2021, 12h45, rencontre avec Jane Storm, alias la femme aux champs de force, au Couleur Café, rue de Sèvres

C'est pour ça qu'aujourd'hui je suis fatigué
C'est pour ça qu'aujourd'hui je voudrais crier
Je ne suis pas un héros
Mes faux pas me collent à la peau
Je ne suis pas un héros
Faut pas croire ce que disent les journaux
Je ne suis pas un héros, un héros

Dans ma voiture, en direction de mon rendez-vous, la radio joue un morceau de circonstance, qui me fait évidemment penser à la thématique de ma nouvelle enquête et de mon rendez-vous, sans oublier la fin tragique de son chanteur, Daniel Balavoine, parti bien trop tôt...

Boulevard Raspail, je passe devant l'hôtel Lutetia avec une certaine nostalgie de ce qu'a pu être ce lieu marquant de l'Histoire. 14 juin 1940, l'armée allemande occupe Paris. Dès le lendemain, l'hôtel est réquisitionné par les nazis et devient le quartier général de l'*Abwehr* – la « défense » –, le service de renseignement et de contre-espionnage de l'état-major allemand. Il est raconté que des employés dissimulaient les grands crus français afin qu'ils ne tombent pas aux mains des Allemands. À la Libération, le propriétaire de l'établissement n'a d'autre choix que de mettre l'hôtel au service de la Résistance, en en faisant par la suite un lieu d'accueil pour les déportés. Je souris en songeant à la petite farce de l'Histoire : aujourd'hui, l'hôtel appartient au grand groupe immobilier israélien Alrov qui détient, entre autres, deux hôtels de luxe à Jérusalem. Un symbole fort, quand on connaît l'histoire des lieux.

La femme avec qui j'ai rendez-vous aujourd'hui est d'une discrétion hors normes, à la hauteur de son intelligence, elle fait partie des femmes qui comptent dans le judaïsme francophone sans jamais avoir dépassé la limite. Elle porte, selon moi, toutes les valeurs et tout l'héritage de Esther Jungreis, cheffe de file religieuse d'origine hongroise, déportée à Auschwitz dans un wagon à bestiaux en 1944 alors qu'elle n'a que 9 ans, qui a fait partie des 1600 chanceux à avoir pu gagner la Suisse. Le convoi, appelé « train Kastner », avait en effet été détourné contre une énorme rançon. Cette rescapée est aujourd'hui l'auteure de nombreux livres et d'articles, qui a révolutionné le judaïsme et son approche dans la vie quotidienne.

Mariacha Drai est d'une élégance hors pair en respectant le principe suivant : « La pudeur cherche à ce que l'extérieur soit un reflet complet de l'intérieur. » Comme on dit en hébreu : un être *Tsniout*, un être pudique qui cherche à s'élever, à se respecter et respecter l'autre, à devenir un émissaire digne d'Hachem – Dieu – et de ses lois.

Ingénieure en informatique de formation, elle est aujourd'hui enseignante de Torah et de pensée juive, conférencière, mais aussi thérapeute de famille et, plus particulièrement, thérapeute de couple. Elle m'a d'office fait songer à la Femme invisible, pour ses capacités à se fondre dans la société, tout en conservant une présence qui n'en reste pas moins forte. D'autant que, comme Jane Storm qui peut rendre visible à l'œil nu des énergies normalement invisibles, Mariacha est capable de transmettre son savoir, de faire prendre conscience des choses. C'est une femme qui a le désir de « reconnecter les gens entre eux ». Si la Femme invisible peut aussi contrôler des champs de force afin de se protéger, de protéger les autres et d'attaquer, Mariacha utilise son savoir pour transmettre des notions de vie utiles pour se protéger, pour s'élever et pour agir avec l'autre avec bienveillance. Deux femmes fortes : l'une, remplaçant son mari en son absence, devenant la cheffe et prenant la tête du groupe des Quatre Fantastiques au besoin ; l'autre, mère de six enfants, travaillant main dans la main avec son mari rabbin, se cultivant sans cesse, cherchant toujours à affûter sa connaissance du monde et des autres.

Je suis assis à la terrasse du café en face du Bon Marché, il fait beau, les gens sont souriants, comme si tout ce que nous avons traversé ces derniers mois n'existait pas.

Mariacha m'a donné rendez-vous à quelques pas d'un centre où elle suit une formation complémentaire pour renforcer ses acquis dans le domaine de la thérapie de couple.

Elle arrive en me précisant qu'elle a l'heure de sa pause déjeuner à me consacrer. Elle est directe, elle n'a pas la langue dans sa poche, elle connaît ses sujets, je la suis depuis un certain temps et je sais que mon repas sera nourri de ses mots.

– Bonjour ! Désolée pour l'attente ! s'exclame-t-elle, joviale, en retirant sa veste et la posant sur le dossier de sa chaise.

Elle est aussi dynamique que je l'imaginais, c'est une femme d'action, une érudite, et je sens d'emblée que l'entretien va être fascinant.

– Bonjour, Mariacha ! Je suis ravi de vous rencontrer, enfin !

Nous commandons deux boissons pour nous désaltérer, profitant du timide soleil d'été, en en venant rapidement aux faits, ce midi le temps nous est compté. Après quelques banalités échangées, elle redirige la conversation vers ce qui nous intéresse.

– Que souhaitiez-vous apprendre ?

– J'aimerais beaucoup votre point de vue sur ce qu'est un héros, selon vous, qui est-il ?

Ma question est à peine posée que je sens sa réponse fleurir aux bords de ses lèvres. Le champ de force de la parole est en train de se créer grâce à sa réflexion véloce.

– Le héros est celui qui intervient à un moment donné en se décentrant de lui-même, en s'éloignant de ce qui se passe à l'instant T, dans un lieu précis, à un moment précis, avec une personne précise. Le fait de se décentrer lui permet d'avoir une perception plus élargie des événements, d'imaginer les implications d'un acte dans l'avenir. C'est une prise de conscience : comprendre que nous sommes le maillon d'une chaîne, issu du passé, qui doit intervenir à un moment donné. L'acte est alors, non pas teinté d'héroïsme pour celui qui le commet mais empreint d'une particularité évidente.

– Parce que l'acteur se décentre de lui-même ?

– Oui, c'est atteindre un pan de l'Histoire, une dimension tellement large qu'en toute conscience elle aurait probablement été évitée. C'est un état où le héros qui n'est qu'homme sort de son être pour créer une implication qui dépassera sa propre personne.

Je réfléchis un instant, tandis qu'elle attrape sa tasse de thé et boit une gorgée lui permettant de reprendre son souffle. Je pense au héros, réfléchis à cet instant T et je me demande comment un homme vit cet instant hors du temps où il agit de façon héroïque. Je m'empresse de lui poser la question, une fois sa phrase terminée.

– Le héros, au moment où il est un héros, ne l'est pas vraiment. Le contexte le dépassant, il est concentré sur un fait, il a un objectif, mais qui dépasse l'entendement, il ne sait pas encore que cet acte-là aura des répercussions incroyables, il a seulement conscience de s'impliquer dans quelque chose de plus grand que lui. Le héros a ainsi une conscience exacerbée de la vie, de l'Histoire, de la transmission, du moment présent et de lui-même dans cet ensemble.

– Pour agir dans cette sorte d'état second, dans cet état de dépassement de soi, le héros doit déjà avoir quelques prédispositions, non ? Être capable d'agir sur le terrain.

– Le héros doit être capable de délaisser la passivité pour le passage à l'action, oui. Dans la pensée juive, ce qui relève de l'ordre du passif, c'est *Ra*, c'est mauvais. Ce n'est pas au monde d'agir sur nous, il nous faut ainsi bannir les « C'est à cause de… », car c'est à nous d'agir sur le monde. Cependant, il y a une perception étrange à cet état de fait. Car être actif englobe la notion de « Je », « Je suis actif dans le monde ». Or, le héros est actif, mais au-delà de ses considérations personnelles, au-delà du « Je », car il agit dans un cadre dont il ne connaît pas les frontières.

– Avez-vous en tête une personne qui pourrait illustrer cette image ? Un homme ou une femme, qui a été capable d'aller au-delà de lui-même ou d'elle-même, dans l'intérêt de l'autre ?

– Je pense à Viktor Frankl, un célèbre professeur autrichien de neurologie et de psychiatrie. Cet homme est né le 26 mars 1905 à Vienne, il sera déporté en 1942 avec sa famille dans le camp de concentration de Theresienstadt, puis envoyé à Auschwitz en 1944. Durant ces effroyables années, il a conçu une théorie dite « du sens de la vie » : la logothérapie. C'est une théorie qui prend en compte le besoin de « sens », pour aller reconnecter les gens à une histoire qui les dépasse, celle de la vie, basée sur l'inconscient spirituel du patient. Il dira ainsi : « Face à l'absurde, les plus fragiles avaient développé une vie intérieure qui leur laissait une place pour garder l'espoir et questionner le sens. » Ce psychiatre, afin d'empêcher les suicides au sein du camp, a rendu possible pour les déportés de se décentrer d'eux-mêmes, afin de les recentrer sur quelque chose de plus grand, une histoire commune, leur permettant de survivre et de se battre pour le triomphe de la vie.

– Donc, il n'est plus question du « Je », mais du « Nous », englobant le peuple.

– Oui, c'est un combat très difficile. Dans une situation de survie, le premier réflexe humain est le repli… c'est le JE, ma miche de pain, ma force… Je garde ma force, je me replie. Lorsque se présentent l'ouverture à l'autre, le déploiement vers l'altérité, naît alors la prise de conscience : il y a moi et il y a les autres, et les autres sont importants.

Je regarde furtivement autour de moi, j'ai parfois cette petite appréhension d'être jugé lorsque je parle en public de l'histoire du peuple juif, de la Seconde Guerre mondiale ou de la religion. Une peur amplifiée à cause des actes terroristes de ces dernières années. Mais les autres personnes déjeunent, dans l'insouciance de l'instant. Nouvelle gorgée d'eau, je reprends :

– Vous parlez de décision prise au nom du peuple, je vous vois et je pense beaucoup aux héroïnes bibliques telles que Ruth, Esther, Yéudith et, bien sûr, Myriam, première héroïne de la Bible, celle qui s'est révoltée contre l'injonction à la mort, par Pharaon de « tuer tous les premiers-nés garçons ». Alors que lui clame la mort, elle, elle clame la vie. Souvenez-vous de cette période, alors que Pharaon ordonne : « Vous jetterez dans le fleuve tout garçon qui naîtra et vous laisserez vivre toutes les filles. » Le peuple juif refuse de procréer, et c'est une conséquence très logique : si je dois faire un enfant pour qu'il meure, alors je n'en fais pas. Puis intervient Myriam qui dit : « Non, c'est faux ! Il faut continuer à avoir des enfants. » Et d'ailleurs, elle va devenir sage-femme avec sa mère et elle va pousser son père à se remarier à sa mère. De cette union naîtra Moïse et, là, apparaîtra la notion de femme vertueuse qui a permis de sauver Israël de l'Égypte. Dans la Torah, il n'y a pas de notion de héros, mais une notion de *Gueoula*[19], c'est-à-dire une belle fin qui amène vers une libération, une délivrance pour laquelle on est en mesure de déployer tous nos talents, toutes nos capacités d'être le peuple juif. C'est tout cela que Myriam a fait, elle a suscité le premier baby-boom de l'Histoire, c'est ce qui est écrit dans nos textes. Elle dépasse la frontière de la personne. L'un dit « mort », elle, elle dit « vie », comme si l'Histoire la dépassait, une histoire qui commence avant elle et qui s'arrête après elle. Elle est le maillon d'une chaîne et continue à transmettre. C'est la même chose dans l'histoire de la reine Esther : « Souvenez-vous de moi pour les générations à venir », clamait-elle, et 2500 ans après, on parle encore d'elle, elle est forte, tout comme pour Myriam, 3500 ans après.

– Je rebondis sur les naissances dont vous parliez. Cela me rappelle ma visite à Yad Vashem, l'Institut international pour la mémoire de la Shoah. L'une des salles aborde les mariages et les naissances, la multitude de bébés nés entre 1946 et 1948 et ceux nés dans les camps de concentration. On imagine avec beaucoup de difficultés ces « femmes squelettes » enceintes.

---

19 Délivrance.

On imagine avec beaucoup d'horreur ces nourrissons chétifs téter des poitrines étiques.

– Ce sont ces visions d'horreur qui font que nous sommes en droit d'imaginer que l'ADN juif est constitué ainsi, avec cette pensée : « C'est au-delà de ce que je vois maintenant. »

– Comme si l'histoire s'était répétée encore une fois, avec le même leitmotiv, avec la même finalité : le triomphe de la vie et le triomphe du peuple juif face à ses persécutions. C'est exactement ça ! s'exclame-t-elle avant de poursuivre : L'homme à la casquette, dans l'Hyper Cacher, n'aurait pas été un héros s'il avait pensé à lui ou à sa survie. Il a pensé aux autres, qui étaient là avec lui, il a pensé à demain, à l'histoire du peuple d'Israël, il n'est pas *en-soi*.

J'en reste bouche bée, l'évidence me saute aux yeux. Je n'y avais pas pensé directement, mais je crois qu'une part de vérité se cache dans ses propos : le souhait peut-être refoulé de vouloir la survie des autres pour ça : la survie du peuple. Encore une fois, l'histoire juive est remplie de héros et d'héroïnes. J'ai une pensée émue pour Esther, cette héroïne malgré elle, qui a agi pour la liberté de son peuple, qui elle aussi était certainement décentrée d'elle-même au moment où elle a pris les décisions qui ont permis de sauver d'autres Juifs.

– Nous oublions une notion importante, reprend-elle, la voix un peu plus grave : l'héroïsme du quotidien, la force invisible qui nous pousse à protéger l'autre. Je vais vous raconter une petite anecdote, une histoire qui m'est arrivée.

Je me penche un peu en avant, avide de l'écouter encore, d'entendre son histoire, qui m'aidera peut-être à mieux la comprendre, elle.

– Il y a quelques années, nous étions en montagne, dans un hôtel où nous donnions des conférences. C'était shabbat, mon mari était encore en plein discours. Notre chambre était au septième étage, huitième peut-être, et la femme de ménage avait laissé la fenêtre de notre chambre ouverte. Dans nos appartements se trouvait notre fils de 3 ou 4 ans, qui avait réussi à rentrer dans notre chambre. Quelqu'un en bas l'a vu à la fenêtre et m'a aussitôt avertie. Il était en train de se pencher. Mon instinct a pris le dessus, l'instinct primal, l'instinct premier… Je n'ai évidemment pas pris l'ascenseur, j'ai couru, couru toujours plus vite, malgré ma faible endurance, malgré ma maigre condition physique, malgré mes talons. Je n'avais en tête que l'image de mon enfant basculant dans le vide et alors là, je ne saurais même pas décrire le super-pouvoir qui s'est emparé de moi. J'étais devenue une autre un bref instant, une autre version de moi. Comme si le pouvoir était inscrit dans mes gènes, attendant le moment d'être libéré, attendant le moment du danger et la nécessité pour se déclencher. C'est quelque chose qui dépasse la frontière de l'être. Je crois qu'aujourd'hui, même contre un million d'euros, je serais incapable de refaire cette prouesse.

Nous terminons rapidement nos verres, encore une heure volée au temps, une heure de gagnée, une heure de bonus pour mes pérégrinations personnelles. Je suis infiniment reconnaissant à Mariacha Drai de m'avoir nourri ce midi-là de toutes ses certitudes qui deviennent peu à peu les miennes.

Alors qu'elle repart avec humilité sur les bancs de l'apprentissage, moi, je reprends ma route en quête de la compréhension de « l'héroïsme… » et de ses différentes formes.

« Des héros naissent dès qu'un drame se produit. »
BORIS CYRULNIK

Dimanche 18 juillet, 14h, conversation par téléphone avec Benjamin, « Ben », Grimm, alias la Chose, à Toulon

Il fait partie des clés d'arc de notre société, sa vision, son raisonnement, son analyse sont incontournables. Il apporte un autre regard sur la société, il nous a appris à penser différemment pour construire un nouvel édifice de vie. Ces mots sont robustes, sa voix rassurante, mais, à l'instar de Ben Grimm, la force de son mental et sa résistance en font un être singulier. Le corps de la Chose est recouvert d'une matière pierreuse plus solide que la roche, lui permettant d'encaisser les chocs, d'encaisser les coups. Boris Cyrulnik possède lui aussi des capacités similaires, de par la solidité de ses réflexions, la puissance de ses mots, la force de ses raisonnements, qu'il envoie comme des uppercuts bien placés. Médecin, neuropsychiatre et psychanalyste de renom, je ne compte plus ses ouvrages qui ornent les étagères de ma bibliothèque. Il se dégage de lui une force tranquille, une ouverture d'esprit, et quand je le vois à la télévision, je peux deviner dans son regard franc le poids d'une intelligence exceptionnelle, qu'il me tarde de découvrir par téléphone.

Lorsqu'il décroche, je devine un sourire dans l'intonation de sa voix, qui me rappelle la malice de Ben Grimm, tombeur de ces dames. Et le charme opère. L'heure est venue pour ce héros des mœurs humaines de me conter l'héroïsme moderne.

– Bonjour, Boris !

On ne se voit pas, on ne se connaît pas. Pour autant, j'ai la sensation qu'il n'existe pas de réelles barrières entre lui et moi.

Il me salue de sa voix douce et emplie de chaleur. Au bout du fil, je le sais, se trouve un être doté d'une très grande empathie.

– Le sujet qui vous intéresse donc est l'héroïsme, c'est cela ?

– Oui, nous aimerions savoir, pour vous, qu'est-ce qu'un héros ?

– Alors, je crois que le héros a pour fonction de réparer une image flétrie. Je suis convaincu qu'il n'y a d'héroïsme que s'il y a tragédie. Regardez notre société actuelle, des héros naissent dès qu'un drame se produit.

– Vous pensez que la société fabrique des héros ?

– D'une certaine manière, oui. La société se sert d'hommes et de femmes, les héroïse dans le récit social, leur conférant ainsi une fonction psychosociale.

– Avez-vous en tête des histoires marquantes, des événements concrets qui illustreraient cette fabrique à héros ?

– Connaissez-vous l'histoire de la bataille de Little Bighorn ?

Je secoue la tête, j'oublie qu'il ne me voit pas et je lui réponds donc par la négative. Le nom me parle, j'ai bien en mémoire quelques vieux westerns, mais les tenants et aboutissants de cette histoire m'échappent. Brusquement me revient *La Dernière Séance*, une émission consacrée aux classiques du cinéma américain présentée par le chanteur et acteur Eddy Mitchell. Je revois les extraits défiler et la voix de cet homme qui savait lui aussi raconter et chanter des histoires. Je me revois trépignant d'impatience à l'idée de regarder les premières minutes d'un western alors que l'émission se terminait. J'entends encore son générique et revis brièvement ces moments d'émotion et de joie passés en famille. Ma rêverie doit être évidente, ce léger silence en dit sûrement long et Boris n'est pas dupe, il se racle doucement la gorge, avec un sourire en coin que je devine accroché à ses lèvres. Je me redresse un peu, comme pour me donner une relative constance, prêt à écouter son histoire :

– En juin 1876 éclatait la bataille de Little Bighorn, opposant les 647 hommes du lieutenant-colonel américain George Armstrong Custer à une coalition de Cheyennes et de Sioux menée par Sitting Bull et Crazy Horse. Ce fut un échec cuisant pour les Américains et, dans la communauté des historiens, nombreux sont ceux à rejeter la faute sur le lieutenant-colonel Custer, notamment pour ses décisions controversées sur le terrain.

– Mais il a quand même été glorifié, c'est ça ?

– Exactement ! Cette défaite n'a jamais été considérée comme telle et, au contraire, Custer, mort sur le champ de bataille, en ressortira héros. Il y a eu beaucoup de films et de récits pour faire les honneurs à cet homme, le montrant seul, l'épée à la main, au lieu de son revolver dont le chargeur est vide. [*Rires.*] L'Histoire nous offrira l'image d'un combattant qui n'abandonne pas, qui continue de se battre la tête haute… Savez-vous pourquoi ?

Nouveau silence, très bref. Il enchaîne :

– Pour dire ceci au monde : « Voilà qui nous sommes, nous, les Américains : jamais vaincus. »

– Cela me fait songer à la controverse qu'il y avait eu, et qu'il y a toujours d'ailleurs, sur la fin de vie de Jean Moulin. On lui a imputé plusieurs tentatives de suicide en 1940, qui auraient pu aider à véritablement établir son suicide en 1943. Pourtant, les causes de sa mort n'ont jamais vraiment été établies… Meurtre, suicide ?

– Jean Moulin est un célèbre résistant français, rien d'étonnant à ce que sa mort soit fantasmée. Officiellement, il serait décédé des suites de ses blessures dans le train qui le transportait en Allemagne, après avoir été torturé. Officieusement, il est vrai que certains historiens pensent qu'il s'est suicidé, pour ne pas dénoncer les résistants de son réseau, chose qu'il avait peur de faire malgré lui sous la torture. Officialiser cette mort-là revient à en faire un héros, presque un martyr. Dans les deux cas, le héros sauve une image déchirée.

– Après l'attentat de l'Hyper Cacher, un homme est également héroïsé : Lassana Bathily. C'est un jeune homme d'origine malienne, qui a aidé les forces de l'ordre durant la prise d'assaut. Qu'en pensez-vous ?

– Ce jeune homme, qui a été incontestablement courageux et généreux parce qu'il risquait gros, a réagi à une pulsion altruiste et à l'intérêt social d'une image sociale. Son acte de bravoure a réparé l'image des migrants qui s'étiolait dans l'esprit public, alors que naissait une réaction raciste.

– Le président Emmanuel Macron lui a décerné la Légion d'honneur et lui a permis d'accéder à la nationalité française, est-ce un acte avec une portée « sociale » ?

– En agissant ainsi, Emmanuel Macron a incarné Lassana Bathily dans la fonction de réhabilitation des immigrants. C'est un jeune homme qui a donc une fonction psychosociale importante.

– Cela prouve qu'il est possible de construire un héros en agissant sur les récits sociaux ?

– Exactement. Prenez mon père, Aaron Cyrulnik. Il s'est engagé dans la Légion étrangère dès 1939. Plus de la moitié de cette légion a été décimée. C'était à l'époque le seul régiment à s'être opposé à l'armée allemande, à Soissons. Pourtant, il a été arrêté sur son lit d'hôpital, après avoir été blessé par la police française. Par la police du pays pour lequel il combattait. Il n'a pas été héroïsé. De nos jours, peu de gens connaissent cette histoire, personne ne s'intéresse au courage et au sacrifice de ces milliers d'âmes. C'étaient essentiellement des républicains espagnols ou bien des Juifs d'Europe centrale, qu'on a laissés partir en première ligne, jusqu'au massacre. Aucun d'eux n'a été héroïsé. À d'autres périodes, d'autres hommes ont été aussi courageux, eux l'ont été. Pourquoi ?

– Parce qu'on en avait besoin pour tenir un discours social.

– Donc, parler des héros, c'est les mettre en lumière parce qu'ils ont une fonction bénéfique psychosociale, et quand cet effet est maléfique, ou inutile, on n'en parle pas, ils ne sont pas héroïsés. Ils ont été courageux dans le réel, ou criminels dans le réel, mais on n'en parle pas. On n'en parle que si l'on a besoin d'un effet psychosocial.

– N'y a-t-il pas des héros qui ont outrepassé les attentes de la société, au profit d'un acte purement désintéressé ?

– Je peux vous parler d'Hannah Arendt, qui a fait l'objet d'une importante polémique lorsqu'est paru en 1963 son ouvrage, *Eichmann à Jésuralem*. Elle y développe un concept philosophique, la « banalité du mal », qui tend à démontrer que le mal ne réside pas dans des actes extraordinaires mais dans les petites choses du quotidien. Je pense que l'héroïsme aussi ne réside pas seulement dans l'extraordinaire. Décriée, elle a été l'objet de vives polémiques, car on l'accusait de minimiser les crimes nazis et de déresponsabiliser ses dirigeants. Or, son propos tendait plutôt à inciter les gens à conserver leur liberté intérieure, à les mettre en garde contre le récit collectif et, ainsi, décider justement de ne pas tuer. De ne pas signer la condamnation à mort d'une personne innocente uniquement parce que l'ordre que vous recevez correspond à vos désirs. Hélas, l'Histoire se crée sur le principe suivant : si l'on a besoin d'un héros, on héroïse, et l'Histoire se pare alors de la biographie d'un nouveau héros social ; mais si l'on n'a aucune utilité à le faire, eh bien, l'Histoire tombe dans l'oubli collectif.

– Il existe donc bel et bien d'autres sortes de héros que ceux que la société nous propose ?

– Bien sûr, il y a les héros individuels : ceux qui endurent des conditions de travail misérables pour le bien-être de la famille, ceux qui exercent des emplois difficiles ou dangereux, au péril de leur vie, et qui font de chacun d'eux un « héros familial ». C'est ce qu'on appelle les héros du quotidien. C'est une catégorie de personnes qu'on n'acclame pas mais qui mériterait peut-être les honneurs elle aussi, parce que sans elle la société ne tournerait certainement pas aussi rond.

Des remerciements chaleureux marquent la fin de notre échange, il me parle de son prochain essai, qu'il me tarde de découvrir. Encore une fois, mon esprit gamberge lorsque je fais le point. Plusieurs aspects me semblent fascinants à développer, dont un tout particulièrement : le *Kiddoush hashem*, la mort pour la sanctification du nom de Dieu. Le sacrifice de soi serait toléré dans trois cas seulement, trois principes fondamentaux pour lesquels le Juif doit être prêt à donner sa vie plutôt que de les enfreindre : l'idolâtrie, les transgressions sexuelles telles que l'inceste ou l'adultère, et le meurtre. Je sais déjà vers qui me tourner pour obtenir les réponses aux questions qui me taraudent.

« L'Homme qui devient Héros
fait appel à une considération de vie qui va
bien au-delà de sa propre personne. »

Rabbin Merovah Zerbib

Mardi 29 juin 2021, 21h30, rencontre avec Jonathan, « Johnny », Storm, alias la Torche humaine, en visioconférence

Je ne prendrai aucun risque pour ce rendez-vous. J'ai pris toutes les mesures adéquates, et surtout une certaine distance, car on dit : « Leurs paroles sont appelées des paroles de feu », *Aish HaTorah*[20], comme il est écrit dans l'un de nos plus vieux livres, le *Pirkei Avot* : « Réchauffe-toi au feu des sages en venant auprès d'eux pour apprendre la Torah, mais fais attention de ne pas t'approcher de leurs braises pour ne pas te brûler en leur manquant de respect[21]. »

Je suis sûr que cet entretien va éclairer cette belle nuit étoilée d'été grâce à ces précieux enseignants et m'apporter des réponses complémentaires à ma quête. Je me connecte :

« L'hôte vous laissera bientôt entrer. »

La connexion est établie et je découvre un homme souriant, chaleureux et humble, qui s'excuse déjà d'avoir quelques minutes de retard, car il faisait des recherches complémentaires concernant le sujet annoncé.

– Bonjour, Yohan.

– Bonjour, Rav.

20 Le feu de la Torah.

21 *Action des pères*, chapitre 2, Michna 10.

Face caméra se trouve l'un de mes Quatre Fantastiques : Rav Mevorah Zerbib, rabbin de Saint-Maur-La-Varenne, mais également une figure incontournable de Radio J grâce à ses rendez-vous hebdomadaires pendant lesquels il déverse chaque semaine de sages paroles, portant de sa voix douce les paroles de la Torah et ses enseignements sur la pratique du judaïsme. Il donne également des cours de pensée juive. Tout comme la Torche humaine, qui est capable de créer une enveloppe de flammes tout autour de son corps ou de générer des explosions dont l'intensité est comparable à l'énergie d'une nova, Rav Mevorah Zerbib semble pourvu et entouré d'une énergie tout aussi puissante. Pour autant, son humilité se répercute jusque dans le décor raffiné de l'appartement qu'il occupe : d'une grande simplicité. Si la Torche humaine craint le froid et le vide capables d'éteindre sa flamme, il semble que notre sage ne craigne, lui, ni l'un ni l'autre. J'écoute sa voix envoûtante, je devine cette aura qui l'enveloppe et je me dis que rien ne pourrait éteindre la flamme de sa foi.

– Je suis vraiment ravi de pouvoir discuter avec vous aujourd'hui, c'est un réel honneur de recueillir votre vision de l'héroïsme à travers nos textes.

Je sens ma voix un peu chevrotante, je suis ému, très certainement. Face à moi, mon invité ne se départ pas de son sourire hypnotisant qui tend à tempérer mon trouble et les galops de mon cœur. Il parvient en quelques instants à me mettre à l'aise. Alors je reprends :

– Pouvez-vous partager avec moi votre vision de l'héroïsme ? Pour vous, qu'est-ce qu'un héros ?

– Étymologiquement, lorsqu'on s'intéresse aux héros, il y a deux approches : une approche grecque et une approche latine. Chez les Grecs, le héros est un demi-dieu. Il est le fruit de l'union d'un dieu ou d'une déesse et d'un ou d'une mortelle. Ce sont essentiellement des hommes, appelés à accéder un jour au statut des dieux. Ce sont des combattants exceptionnels, qui luttent bien souvent contre des créatures, des monstres, tout aussi exceptionnels. Hercule en serait l'un des meilleurs exemples. Chez les Latins, le héros est un chef militaire, c'est un homme de valeur, dont le meilleur exemple serait Ulysse, le « héros aux mille ruses ». Il impressionne par ses faits d'armes et son intelligence. C'est grâce à lui que les Grecs l'emportent lors de la guerre de Troie.

– Chez les Juifs, aime-t-on les demi-dieux ? Est-ce qu'un simple mortel peut avoir l'occasion de devenir l'égal d'un dieu ?

– Eh bien, l'une des figures remarquables qui me vient à l'esprit est celle de Yaakov, ou Jacob, qui fait promettre à son fils de ne pas l'enterrer en Égypte à sa mort.

– Alors qu'il y a passé les dix-sept dernières années de sa vie, si je ne me trompe pas.

– Exactement. Il refuse que sa tombe devienne un lieu de culte et, par conséquent, un dieu égyptien. La raison en est toute simple : en Égypte, le culte des morts est très similaire à celui des divinités. Pourtant, Yaakov a conscience que sa famille doit demeurer en terre d'exil. Conformément à son souhait, il sera néanmoins inhumé dans la terre de ses ancêtres en Canaan, dans la grotte du champ de Makhpela, appelée aujourd'hui « le tombeau des Patriarches », située dans la vieille ville d'Hébron.

– Si je comprends bien, il aurait pu, en Égypte, accéder à un statut autrement plus important que celui d'humain.

– Oui, il y a donc refus d'être un demi-dieu.

– L'idée, dans la pensée juive, que l'homme puisse atteindre le statut d'un dieu n'est donc pas forcément tranchée ?

– Certains paradoxes ont vu le jour, par exemple, la considération de Moïse en tant que dieu. C'est vrai qu'il sera « *ich Halohim…* » – l'homme de Dieu – à la fin de sa vie, mais il ne sera pas un dieu. Ce qui est intéressant, c'est que Moïse est un homme de la tribu de Lévi, l'une des douze tribus d'Israël. Au début, nous ne connaissons d'ailleurs pas son prénom, il sera donné par une étrangère, qui est ni plus ni moins la fille de Pharaon, qui estime être l'égale d'un dieu. En hébreu, cette femme-là sera appelée « Bithiah » – la fille de Dieu – parce qu'elle va avoir un comportement de « Juste parmi les nations ». Elle deviendra une héroïne pour avoir sauvé Moïse des eaux, cet homme qui pourrait devenir un dieu mais qui refusera de l'être pour rester un simple mortel. Quand il meurt, à la différence de Yaakov, personne ne saura où se trouve sa tombe pour justement ne pas en faire un lieu de culte.

Soudain, son visage se tord d'une petite grimace : un coup de fil qu'il ne peut pas rater. Il s'excuse platement, me dit qu'il revient dans un court instant et change de pièce. C'est un peu l'instant pub de la radio. Les quelques minutes qui nous permettent d'intégrer les informations. J'aime ce paradoxe entre le héros et le dieu : l'homme renonçant au statut divin est-il apte à devenir héros ? Ou bien ces deux notions sont-elles complètement aux antipodes l'une de l'autre ? Je note également que son départ provoque un grand vide, on ne peut que remarquer le moment où son feu divin s'éloigne. Cela me donne la sensation d'un spectacle fini. La Torche humaine se sert de son feu pour vaincre ses ennemis, mais ses combats n'en demeurent pas moins grandioses. Rav Mevorah Zerbib a cette même particularité, il envahit l'espace, capte l'attention et sait faire le show à sa façon. Pas étonnant que ses chroniques à la radio fonctionnent si bien.

Lorsqu'il revient, s'excusant une nouvelle fois, il reprend la conversation, comme si rien ne l'en avait éloigné. J'admire sa faculté de concentration, le soin qu'il porte au développement de ses idées.

– Savez-vous qu'en hébreu il n'existe pas de traduction du mot « héros ». Celle qui se rapproche le plus est *gibbor*, qui vient de *gebuwrah* : la force, la puissance, mais aussi la rigueur. D'ailleurs, dans le quatrième chapitre de *Pirkei Avot*, l'une des Mishna dit ceci : « *Ezehou guibor ? Hakovech ete Ytzro* », qui signifie : « Qui est le héros ? Celui qui maîtrise son instinct », et par là même, qui conquiert ses passions.

Je ne peux pas m'empêcher de trépigner, je frappe d'un coup sec avec mon poing sur la table et lui lance :

– Je vous écoute ! Je sens que nous avançons vers le point utile.

– Nous pourrions être tentés de répondre qu'il s'agit d'une personne forte physiquement, comme Hercule, ou bien de quelqu'un que l'on respecte, comme Ulysse, le chef des armées. Ma réponse sera différente : le héros dans le judaïsme, c'est quelqu'un qui maîtrise son *yetser*, c'est-à-dire son instinct.

– Mais nos instincts font-ils partie de nous ou sont-ils extérieurs à nous ?

– Manifestement, nos instincts ne font pas partie intégrante des individus que nous sommes. Ce sont des forces extérieures à nous, qui peuvent nous mener au bien comme au mal. Ce ne sont pas des éléments sur lesquels nous avons la volonté d'agir, que nous ne maîtrisons pas, donc ce n'est pas nous… Finalement, le héros, c'est celui qui va faire grandir sa personnalité sur son instinct.

– C'est assez complexe comme notion. À vous écouter, j'ai l'impression que cela nécessite de faire émerger la grandeur d'une personne en l'obligeant à faire grandir le bien qu'il y a en elle.

– En effet. Et parfois, il faudra l'intervention d'une tierce personne pour y arriver. Il est des cas où, par la violence, la volonté d'un homme qui disait jusqu'à présent « non » se transformera en « oui », et inversement. Je crois donc qu'au fond de soi toute personne peut être un héros ou une héroïne. La clé se trouve dans la volonté. Cette dernière pourra s'opposer à l'ordre, elle pourra répondre « non » au « Tu dois faire ». C'est aussi la caractéristique même de l'être humain : à partir du moment où il fait les choses de son plein gré, c'est facile. Dès qu'on l'y oblige, sa volonté se braque, il agit sous le coup de la contrainte. C'est ce qu'on appelle en hébreu : *Gadol hamétsouvé véossé mimi ché-éno moutsouvé véossé* : « Est plus grand celui qui a l'obligation de faire et qui le fait que celui qui n'avait pas d'obligation et qui le fait quand même. »

– On serait pourtant tenté de penser le contraire, que celui qui a le plus de mérite est celui que l'on contraint.

– Eh bien, non ! s'exclame-t-il. Le plus méritant demeure celui qui agit volontairement. Parce qu'à partir du moment où l'on est obligé de faire quelque chose, nécessairement, une force de protection intérieure s'érige : « Parce que tu m'as dit de le faire, je ne le ferai pas : je veux m'affirmer et te réponds donc non. » Là se trouve la marque de fabrique du peuple juif, sa force. Dans la Torah, il est d'ailleurs appelé comme ça : *Am kéché oref*, « le peuple à la nuque raide[22] ».

– Pourquoi est-il appelé ainsi ?

– Lorsque Dieu propose la Torah aux différents peuples, beaucoup la refusent au vu des contraintes auxquelles on

22 *Chemot* 32,9.

doit se résigner : l'interdiction de pratiquer l'adultère, le vol, parce qu'il ne faut pas tuer, etc. Les Juifs ont répondu : « On accepte. » Et là, on touche à l'un des secrets de la longévité du peuple juif : leur credo, c'est justement de ne pas accepter, de ne pas tolérer. Voilà pourquoi le peuple juif est le peuple le plus vieux du monde, pourquoi il a une histoire vieille de plus de 3333 ans : en restant fidèle à ses idéaux malgré les persécutions de l'Histoire. Notre volonté à décider est une caractéristique forte. Le fait que nous décidions est représentatif de notre liberté. C'est aussi l'expression d'un certain héroïsme : l'héroïsme du quotidien, celui qui se matérialise chaque jour, à chaque instant. Je crois fermement que, outre la volonté, l'homme qui devient héros fait appel à une considération de vie qui va bien au-delà de sa propre personne.

– Idée très intéressante !

Derrière mon écran, Rav Mevorah Zerbib a réussi à me captiver, à me remplir. C'est le pouvoir de notre héros du jour, qu'importe les barrières de temps ou d'espace, le message passe quand même et vous trouve où que vous soyez.

Je le remercie chaleureusement, j'ai hâte de l'écouter à la radio, car je sais que mon attention sera différente. Maintenant, je peux constater que la chaleur qui se dégage de lui à travers les ondes n'est pas feinte, c'est un homme cultivé et habité par son discours. D'autres idées me viennent à l'esprit. Je pense notamment à cette notion de « décider », et je repense à Esther, figure féminine emblématique de la Torah, pour laquelle j'ai un faible. C'est un échange comme je les aime, qui amène d'autres questions, qui orientent les idées vers de nouvelles interrogations, vers une autre rencontre.

LES VICTIMES

« Les morts vivent tant qu'il y a des vivants
pour penser à eux. »
Émile Henriot

À notre modeste manière, nous avons décidé de rendre un hommage aux très – trop – nombreuses victimes des 19 attentats islamistes entre mars 2012 et avril 2021.

Elles sont au nombre de 264.

Les listes sont celles communiquées et relayées par les sites officiels d'information.

Nous avons voulu partager avec vous, au gré des pages qui suivent, un petit bout de leur histoire, qui est aussi un petit bout de la nôtre.

Et comme disait Victor Hugo : « Les morts sont des invisibles, mais non des absents. »

Les auteurs

Du 11 au 19 mars 2012

8 morts à Toulouse et Montauban

Le 11 mars, Mohamed Merah abat un militaire sur un parking à Toulouse, puis s'attaque, le 15, à trois autres soldats de Montauban, sortis de leur caserne pour retirer de l'argent. Deux sont tués sur le coup. Il frappe à nouveau, le 19, à l'école juive de Toulouse Ozar Hatorah et tue un professeur, ses deux fils, ainsi qu'une petite fille.

Les personnes tuées sont:

Imad Ibn Ziaten, 30 ans, militaire, célibataire. Peu avant son affectation à Paris, et après Haïti, la Côte d'Ivoire et le Darfour, le maréchal des logis-chef d'origine marocaine vend sa Suzuki 650 cm^3. «Je suis militaire», a-t-il écrit sur son annonce. Merah lui donne rendez-vous sur un parking de Toulouse, le 11 mars à 16h. Il l'abat d'une balle dans la tête. Ce musulman est inhumé au Maroc. Sa mère, Latifa Ibn Ziaten, est devenue un symbole de la lutte contre la radicalisation.

Mohamed Legouad, 23 ans, soldat de 1re classe, béret rouge. Ce Français musulman d'origine algérienne était engagé depuis deux ans dans les paras quand, le 15 mars, vers 14h, à Montauban, il retire de l'argent au distributeur proche du 17e régiment du génie parachutiste. Ce soudeur de formation et ex-footballeur amateur est le premier à tomber sous les balles de Merah.

Abel Chennouf, 25 ans, sous-officier français, catholique d'origine algérienne. Après l'Afghanistan où il a combattu les talibans, ce caporal du 17e régiment des paras se trouve en treillis à Montauban ce 15 mars, aux côtés de deux autres bérets rouges, quand le « tueur au scooter » surgit et fait feu en criant « *Allah Akbar* ». Il est tué avec son copain, Mohamed Legouad.

Jonathan Sandler, 30 ans, professeur en religion à l'école juive, marié, deux enfants. Ce rabbin est abattu dans le groupe scolaire confessionnel Ozar Hatorah, rebaptisé Ohr Torah. La plupart des élèves étaient déjà réunis dans la salle de prières à la première rafale du mitrailleur de Merah. Le père de famille, touché au ventre par les projectiles, s'écroule au pied de ses fils en tentant de les protéger des tirs. L'internat de l'école porte désormais le nom d'Ohr Netsah Yonathan.

Gabriel et Arieh Sandler, 4 ans et 5 ans, écoliers. Devant le portail de l'établissement, Arieh est le premier à succomber, mortellement touché, presque en même temps que son père. Puis le tueur se dirige dans la cour de l'école et tire sur le petit Gabriel, qui rampe vers son père et son frère.

Myriam Monsonégo, 7 ans, la fille du directeur de l'école juive. Dans cette cour, où la fillette et son père, Yaacov Monsonégo, sont arrivés quelques minutes plus tôt, Merah attrape l'enfant par les cheveux et l'exécute froidement d'une balle à bout portant dans la tête.

Le 22 décembre 2014

1 mort sur le marché de Noël de Nantes

Un homme, que les témoins entendent crier « *Allah Akbar* », écrase des piétons avec sa voiture sur un marché de Noël : 1 mort et 9 blessés, dont 3 graves.

L'homme tué, Virgile Porcher, 25 ans, habitait Le Landreau, près de Nantes, danseur et chorégraphe, célibataire.

Le 7 janvier 2015

12 morts à Paris

Le 7 janvier, les frères Chérif et Saïd Kouachi attaquent le siège de l'hebdomadaire satirique français *Charlie Hebdo* à Paris et tuent 12 personnes :

Frédéric Boisseau, 42 ans, responsable des opérations de maintenance pour Sodexo.

Franck Brinsolaro, 48 ans, policier qui protégeait Charb, marié, une fille.

Cabu, 76 ans, dessinateur, caricaturiste célèbre avec notamment « Le Grand Duduche », ancien de *Hara-Kiri*.

Elsa Cayat, 55 ans, psychanalyste.

Charb, 47 ans, dessinateur engagé et directeur de la publication. De son vrai nom, Stéphane Charbonnier. Célibataire.

Philippe Honoré, 73 ans, dessinateur depuis 1992 pour *Charlie Hebdo*.

Bernard Maris, 68 ans, économiste et chroniqueur à Radio France, collaborait avec *Charlie Hebdo* sous le nom d'Oncle Bernard.

Ahmed Merabet, 40 ans, policier tué au cours de la fuite des terroristes qu'il tentait d'arrêter, marié.

Mustapha Ourrad, 60 ans, correcteur, venait d'obtenir la nationalité française.

Michel Renaud, 69 ans, cofondateur d'un festival, venu à Paris pour rencontrer Cabu et lui remettre des dessins, invité à la conférence.

Tignous, 57 ans, dessinateur, travaillait pour la presse écrite depuis 1980.

Georges Wolinski, 80 ans, dessinateur, ancien rédacteur en chef de *Charlie Hebdo*.

Le 8 et le 9 janvier 2015

5 morts à Paris

Amedy Coulibaly tue une policière et blesse un agent municipal à Montrouge, au sud de Paris. Le 9 janvier, il prend en otage les clients et employés d'un supermarché cacher de Paris et tue 4 d'entre eux, tous juifs.

La policière municipale tuée s'appelait Clarissa Jean-Philippe. Elle devait être titularisée quelques jours plus tard.

Les 4 personnes tuées lors de cet attentat étaient toutes juives :

Philippe Braham, 45 ans, cadre commercial dans une société d'informatique. Il était le frère du Rav de la synagogue de Pantin.

Yohan Cohen, 20 ans, était employé de l'Hyper Cacher. Il a tenté de se battre contre le terroriste, mais a été tué d'une balle dans la tête. Ses parents sont installés à Sarcelles. Il avait une compagne.

Yoav Hattab, 21 ans, fils du Grand Rabbin de Tunis où vit toute sa famille. Il était étudiant et vivait seul à Paris.

François-Michel Saada, 63 ans, cadre supérieur à la retraite. Marié et père de deux enfants qui vivent tous deux en Israël.

Le 26 juin 2015

1 mort à Saint-Quentin-Fallavier

Yassin Salhi tue et décapite son patron, Hervé Cornara, à Chassieu (Rhône), puis, brandissant des drapeaux islamistes, tente de faire exploser l'usine Air Products de Saint-Quentin-Fallavier (Isère).

Hervé Cornara, né à Chassieu, 54 ans, était marié et avait un fils de 22 ans.

Le 13 novembre 2015

130 morts au Bataclan et dans des bars à Paris

La France est frappée par les pires attaques terroristes de son Histoire avec, pour la première fois dans ce pays, des actions kamikazes. Les attentats sont perpétrés à Paris dans la salle de concert du Bataclan, contre plusieurs bars et restaurants du cœur de la capitale et près du Stade de France, à Saint-Denis. 130 personnes, notamment des jeunes, sont tuées et plus de 350 sont blessées. L'État islamique revendique les attaques.

Stéphane Albertini, 39 ans, était le chef de salle du restaurant Chez Livio à Neuilly-sur-Seine (Hauts-de-Seine). Père d'un garçon de 4 ans, il a été tué au Bataclan aux côtés de Pierre Innocenti, gérant du restaurant. « Stéphane était drôle et subtil, toujours souriant, toujours partant. Il faisait rire tout le monde. Il était très apprécié, c'était quelqu'un d'incontournable », dit de lui une proche citée par *Libération*.

Nick Alexander, 36 ans, un Anglais de Colchester, vendait des produits à l'effigie du groupe Eagles of Death Metal lorsqu'il a été tué au Bataclan. « Nick est mort en faisant le travail qu'il aimait et nous sommes réconfortés de voir à quel point il était aimé par ses amis à travers le monde », a écrit sa famille dans un communiqué.

Jorge Alonso de Celada, un Espagnol de 59 ans, est mort sur l'une des terrasses de café visées par les terroristes.

Jean-Jacques Amiot, 68 ans, était au Bataclan lorsqu'il s'est fait abattre. Fan de rock, familier des salles de concert, ce Parisien père de deux filles et deux fois grand-père était à la tête d'une entreprise de sérigraphie et travaillait régulièrement pour les artistes, les musiciens ou les dessinateurs. « C'était un homme doux », a rappelé son frère dans *Le Télégramme*.

Anne-Laure Arruebo, 36 ans, inspectrice des douanes à la Direction générale des douanes et des droits indirects (lieu du décès non confirmé).

Thomas Ayad, 34 ans, originaire d'Amiens, tué lui aussi au Bataclan. Il était producteur pour la maison de disques Mercury Music Group (Universal) et s'occupait notamment du marketing d'Eagles of Death Metal. Passionné de hockey sur gazon, son ancien club a organisé un rassemblement d'hommage. « Il est mort presque tout de suite, alors qu'il était en train de parler avec un garçon de Nous Productions (le tourneur du concert), qui lui a été blessé. [...] Franc, honnête, c'était un ami fidèle, on pouvait compter sur lui », a raconté à *Libération* l'un de ses amis.

Guillaume Barreau-Decherf, 43 ans, père de deux filles, avait le rock dans la peau. Journaliste indépendant, il couvrait notamment la musique rock pour le magazine culturel *Les Inrockuptibles*. Il avait récemment écrit au sujet du nouvel album du groupe Eagles of Death Metal, qui se produisait au Bataclan le soir du massacre. Ses confrères et anciens camarades de l'École de journalisme de Lille se souviennent de sa douceur sous une allure de « métalleux », de sa passion pour la musique et de son sens de la formule qui faisait souvent mouche.

Halima Ben Khalifa Saadi, 34 ans. Cette jeune femme originaire de Menzel Bourguiba (Tunisie), près de Bizerte, vivait au Sénégal. Elle était à Paris pour fêter un anniversaire.

Hodda Ben Khalifa Saadi, 35 ans. Sa grande sœur, vivait à Paris alors que sa famille est installée au Creusot (Saône-et-Loire). Elle était avec sa sœur à sa fête d'anniversaire.

Chloé Boissinot, 25 ans, originaire de Château-Larcher dans la Vienne selon *La Nouvelle République*. Elle et son petit ami Nicolas, blessé, étaient en train de dîner au restaurant Le Petit Cambodge lorsque les assaillants ont ouvert le feu.

Emmanuel Bonnet, 48 ans, habitant de la Chapelle-en-Serval (Oise). Ce père de famille était vendredi au Bataclan avec l'un de ses enfants. « Le fils a réussi à quitter la salle, il ne trouvait pas son père mais était persuadé qu'il s'était lui aussi échappé », raconte le maire de la commune Daniel Dray au *Courrier Picard*. Employé de la RATP, il avait partagé la veille du concert sur sa page Facebook un lien du groupe Les athées en action, citant Jacques Prévert avec une photo du poète : « La théologie c'est simple comme dieu et dieu font trois. »

Maxime Bouffard, 26 ans, originaire du Coux (Dordogne), est mort au Bataclan. Ce fêtard, amateur de rugby, habitait depuis quatre ans à Paris, où il réalisait des films.

Quentin Boulenger, 29 ans, mort au Bataclan. Cet habitant du XVIIe arrondissement était originaire de Reims.

Macathéo Ludovic Boumbas, dit « Ludo », 40 ans, est mort à La Belle équipe, bistrot du XIe où il fêtait l'anniversaire d'une amie. « Il a voulu protéger une amie, Chloé, en se mettant sur elle. Il s'est pris une rafale », a dit son frère à l'AFP. D'origine congolaise, Ludo était ingénieur chez le transporteur FedEx.

Élodie Breuil, 23 ans, a été tuée au Bataclan où elle passait la soirée avec six amis. Elle étudiait le design à Paris, à l'École de Condé. Le 11 janvier, elle avait défilé avec sa mère place de la République, à Paris.

Ciprian Calciu, 32 ans, de nationalité roumaine, est mort au restaurant La Belle Équipe, où il se trouvait avec sa compagne, Lacramioara Pop. Ils étaient les parents d'un enfant âgé de 18 mois.

Lacramioara Pop (lire ci-dessus).

Claire Camax, 35 ans, originaire d'Avignon, dessinatrice-graphiste, vivait à Houilles avec ses deux enfants, elle était au Bataclan avec son mari, blessé.

Nicolas Catinat, artisan-menuisier de 37 ans habitant à Domont (Val-d'Oise), a été tué au Bataclan. Il était dans la fosse, a fait rempart de son corps. « RIP (*Rest in Peace*) Nicolas, tu es mort en héros pour sauver tes amis », a publié sur Twitter l'une de ses connaissances, qui avait diffusé un avis de recherche un peu plus tôt.

Baptiste Chevreau, 24 ans, est tombé sous les balles au Bataclan. Jeune guitariste, passionné de musique, il était le petit-fils de la chanteuse Anne Sylvestre. Après une enfance passée à Tonnerre (Yonne), il s'était installé à Paris cinq ans plus tôt.

Nicolas Classeau, 40 ans, père de trois enfants âgés de 6, 11 et 15 ans, tombé sous les balles au Bataclan, où il assistait au concert avec sa compagne, blessée. Guitariste amateur, cet habitant de Bagnolet (Seine-Saint-Denis) était directeur d'un IUT à Marne-la-Vallée (Seine-et-Marne).

Anne Cornet, 29 ans. Originaire de Houdlémont (Meurthe-et-Moselle), la jeune femme a été tuée au Bataclan avec son mari Pierre-Yves Guyomard, avec lequel elle résidait à Saint-Germain-en-Laye (Yvelines), selon *Le Républicain Lorrain*.

Precilia Correia, 35 ans. Portugaise, elle était employée par la maison de disques Mercury Music. Elle est morte au Bataclan.

Cécile Coudon-Peccadeau de l'Isle, 37 ans, inspectrice des douanes à la Direction générale des douanes et des droits indirects.

Marie-Aimée Dalloz, 34 ans, est morte au Bataclan. Cette Parisienne travaillait dans un établissement bancaire.

Nicolas Degenhardt, 37 ans. Ce Manceau d'origine est mort rue de la Fontaine-au-Roi. Il vivait à Paris où il donnait des cours de yoga.

Elsa Delplace, 35 ans, était venue au concert des Eagles of Death Metal avec sa mère, Patricia San Martin, 61 ans, et son fils de 5 ans. Seul le garçonnet a survécu. La jeune femme était formatrice dans un centre de formation d'apprentis parisien.

Alban Denuit, 32 ans, artiste-plasticien bordelais, est mort au Bataclan alors qu'il assistait au concert avec sa petite amie. Né à Marmande, il était diplômé des Beaux-Arts de Paris et avait obtenu cet été son doctorat en arts plastiques avec les félicitations du jury, après une thèse entamée en 2009 à Bordeaux III, où il enseignait.

Vincent Detoc, 38 ans, est mort au Bataclan. Cet architecte, père de deux enfants de 7 et 9 ans, était un fan de musique, guitariste amateur.

Asta Diakité, cousine du joueur de l'équipe de France de football Lassana Diarra, qui jouait sur la pelouse du Stade de France quand les explosions ont retenti. La jeune femme, décrite comme une musulmane pratiquante, est morte dans la fusillade de la rue Bichat, où elle était sortie faire des courses. « Elle a donné sa vie pour sauver celle de son neveu qui était avec elle », a écrit sa cousine sur Facebook.

Manuel Colaco Dias, 63 ans, un Portugais fan de foot qui vivait depuis 45 ans à Paris, est mort soufflé par l'explosion de la charge de l'un des kamikazes à l'extérieur du Stade de France.

Lucie Dietrich, 37 ans, est tombée lors de la fusillade survenue rue de la Fontaine-au-Roi. Créatrice de bijoux, infographiste, maquettiste et diplômée en stratégie digitale, elle avait récemment travaillé pour le journal *L'Étudiant*. « C'était une femme indépendante et généreuse, joyeuse, et d'une grande créativité. Lucie aimait les voyages, ses nombreux amis, et sa ville, Paris », ont indiqué ses frères et sœur à l'AFP.

Romain Didier, 32 ans, était rue de Charonne avec sa compagne, Lamia Mondeguer, lorsqu'ils ont été fauchés par une rafale. Originaire de Sury-en-Vaux (Cher), il vivait à

Paris, où il avait notamment été manager d'un bar dans le VIe arrondissement.

Elif Dogan, 26 ans, de nationalité belge. Installée depuis quatre mois dans la rue du Bataclan, elle est décédée au Bataclan sous les balles des terroristes, comme son compagnon Milko Jozic.

Fabrice Dubois, 46 ans, concepteur-rédacteur chez Publicis conseil, se trouvait au milieu de la fosse du Bataclan lorsque les tueurs ont fait irruption. Il était venu au concert avec quelques amis. Marié, père de deux enfants de 11 et 13 ans, il était surnommé le « gentil géant » en raison de sa haute taille de deux mètres.

Romain Dunet, 25 ans, un grand fan de musique, de ukulele et de chant, est mort au Bataclan. Enseignant d'anglais dans un ensemble scolaire parisien, il était également membre d'un groupe de musique. Ses proches ont ouvert une page d'hommage sur Facebook, « pour témoigner de son intelligence et de sa gentillesse, de son engagement dans ses passions et de son dévouement pour ses élèves ».

Thomas Duperron, 30 ans, parisien originaire d'Alençon, s'occupait de la communication de la salle de concert parisienne La Maroquinerie. Spectateur du Bataclan, il est mort à l'hôpital de Percy-Clamart où il avait été transporté.

Mathias Dymarski, 22 ans, ingénieur, originaire d'Ancy-sur-Moselle (Moselle). Ce fan du groupe Eagles of Death Metal, également passionné de skate et de vélocross BMX, participait au concert au Bataclan avec sa petite amie Marie Lausch et deux amis originaires de Metz. Seuls leurs deux amis ont réussi à s'en sortir.

Germain Ferey, 36 ans, originaire de Vienne-en-Bessin, dans le Calvados. Il vivait à Paris et travaillait dans le milieu audiovisuel : il est mort au Bataclan.

Romain Feuillade, 31 ans, était sur la terrasse de La Belle Équipe lorsqu'il est tombé sous les balles des assaillants. Le jeune homme, marié, était originaire de Gilly-sur-Isère (Savoie) et s'était installé à Paris pour devenir comédien. Il tenait un restaurant dans le XIe arrondissement, Les Cent kilos, avec un associé. « C'était un garçon d'une profonde gentillesse, doté d'un puissant sens de l'humour. Souriant, généreux, humble, bienveillant. Un exemple d'homme, le meilleur. Un ami dévoué », a témoigné l'un de ses amis dans *Libération*.

Grégory Fosse, 28 ans, est l'une des victimes du Bataclan. Cet habitant de Gambais (Yvelines) était programmateur musical pour la chaîne D17.

Christophe Foultier, 39 ans, est mort au Bataclan. Ce directeur artistique, père de deux enfants, passionné de rock, est décrit comme « simple, honnête et sincère » par ses amis sur Facebook.

Julien Galisson, 32 ans. Ce jeune Nantais, passionné de musique et de voyages, est mort au Bataclan. Selon le journal *Presse Océan*, il s'était rendu au concert avec une amie qu'il a protégée de son corps.

Mayeul Gaubert, 30 ans, juriste. Originaire de Saône-et-Loire, il travaillait depuis cinq ans pour l'organisme de formation continue Cegos, où il était décrit comme « drôle, discret, efficace, très professionnel ». Il est mort des suites de ses blessures au Bataclan. Sa page Facebook affichait en portrait « Je suis Charlie ».

Cédric Ginestou, 27 ans, parisien originaire de Laval.

Juan Alberto González Garrido, ingénieur espagnol de 29 ans, travaillait pour EDF. Originaire de Grenade, en Andalousie, il vivait à Paris avec son épouse Angelina Reina, 33 ans. Présente à ses côtés au Bataclan, cette dernière a vu son époux tomber au sol avant de perdre sa trace, selon le quotidien *El Pais*.

Suzon Garrigues, tuée au Bataclan, était étudiante en licence de lettres modernes appliquées à l'Université Paris-Sorbonne. « Elle laisse à ses camarades le souvenir de la plus généreuse, la plus altruiste, la plus drôle des amies, et aussi d'une inconditionnelle et fidèle admiratrice de Zola », a dit d'elle le président de l'université, Barthélémy Jobert.

Véronique Geoffroy de Bourgies, 54 ans, ancienne collaboratrice du *Figaro Madame*, mère de deux enfants adoptés à Madagascar. Elle se trouvait en compagnie de plusieurs amis à la terrasse du restaurant La Belle Équipe au moment des attaques. Mariée au photographe Stéphane de Bourgies, qui a annoncé son décès sur Facebook, elle avait abandonné sa carrière de journaliste un an plus tôt pour se consacrer à une association humanitaire qu'elle avait créée en 2004.

Michelli Gil Jaimez, 27 ans, était originaire de l'État de Veracruz, au Mexique. Elle a été tuée au restaurant La Belle Équipe.

Matthieu Giroud, 39 ans, géographe, originaire de Grenoble. Maître de conférences à l'université Paris-Est Marne-la-Vallée, spécialiste du phénomène de gentrification, ce père d'un petit garçon de 3 ans était sorti vendredi soir avec des amis au Bataclan, où il a été tué. Il vivait à Paris avec sa compagne, enceinte de leur deuxième enfant. « Il aimait le rock, le whisky japonais, le foot, les BD et regarder des séries avec son Aurélie. Plus que tout il aimait ses amis – nombreux. Ses amis vivant en province et ses amis vivant à l'étranger. Fidèle et incroyablement présent à tous », a écrit sa belle-sœur sur Facebook.

Cédric Gomet, 30 ans, originaire de Foucherans dans le Jura et résidant à Paris, se trouvait au Bataclan avec l'un de ses amis, Cédric, lui-même blessé par balles à la jambe au cours de l'assaut.

Nohemi Gonzalez, 23 ans, de nationalités mexicaine et américaine, se trouvait à la terrasse du Petit Cambodge en compagnie d'une amie. Étudiante en troisième année à l'université d'État de Long Beach en Californie, elle se trouvait à Paris dans le cadre d'un semestre d'échange universitaire à l'école de design Strate de Sèvres. Décrite par son petit ami comme « la plus douce des jeunes femmes », elle devait rentrer aux États-Unis le mois suivant.

Stéphane Grégoire, 46 ans, originaire du Val-d'Oise, décédé à l'hôpital des suites de ses blessures au Bataclan.

Pierre-Yves Guyomard, 43 ans, ingénieur du son et professeur en sonorisation à l'Institut supérieur des techniques du son (ISTS) à Paris. Il a été tué au Bataclan avec sa femme Anne Cornet. « Il était l'un des meilleurs enseignants que j'aie jamais eus et il avait beaucoup à partager avec ses étudiants et à leur donner », a écrit sur Facebook un de ses étudiants.

Stéphane Hache, 52 ans, parisien, originaire de Vendée, maître d'hôtel, tué d'une balle perdue dans son studio situé près du Bataclan, retrouvé le samedi 14 novembre.

Thierry Hardouin, 36 ans, policier. Ce père de deux enfants, sous-brigadier au dépôt du tribunal de Bobigny, devait passer la soirée à Paris au restaurant La Belle équipe, rue de Charonne, pour célébrer l'anniversaire de sa compagne. « Bon vivant », « homme joyeux et professionnel », « Thierry avait affaire au quotidien à des gens dangereux. On savait qu'il fallait toujours rester sur le qui-vive », a confié l'un de ses proches au quotidien *Le Parisien*.

Olivier Hauducoeur, 44 ans, banquier. Diplômé de l'École nationale supérieure d'ingénieurs de Caen, il travaillait depuis 2006 au sein du groupe BNP Paribas. Ce coureur amateur était depuis un an employé de la société française de location automobile longue durée Arval, filiale du groupe bancaire. Il est mort au Bataclan.

Frédéric Henninot, 45 ans, père de deux enfants. Il travaillait à Cergy-Pontoise (Val-d'Oise) pour la Banque de France. « Sa compagne et l'ami avec lequel il était au Bataclan sont aussi agents de la Banque, ils ont été opérés plusieurs fois et leurs jours ne sont pas en danger », a indiqué à l'AFP une responsable de la CGT Banque de France.

Pierre-Antoine Henry, 36 ans, est décédé sous les balles des assaillants dans la salle du Bataclan. Père de deux enfants, ce fan de rock, inconditionnel du groupe Pearl Jam, était ingénieur et vivait en région parisienne. « Le premier mot qui me vient à l'esprit quand je pense à lui, c'est sa gentillesse », a indiqué à l'AFP l'un de ses proches.

Raphaël Hilz, 28 ans. Né en Bavière, en Allemagne, il était architecte et avait été embauché dans le cabinet de Renzo Piano à Paris. Vendredi soir, il était allé dîner au Petit Cambodge avec deux collègues, blessés lors de l'attaque.

Mathieu Hoche, 38 ans, était cameraman pour la chaîne télévisée France 24 et père d'un enfant de 6 ans. Il habitait Montreuil, en Seine-Saint-Denis. C'était « un garçon adorable, discret, bosseur, professionnel », assuré le directeur de la chaîne Marc Saikali. Fan des Eagles of Death Metal, il est mort au Bataclan.

Djamila Houd, 41 ans, a été tuée sur la terrasse du restaurant La Belle Équipe où elle fêtait un anniversaire avec des amis. Cette Parisienne originaire de Dreux (Eure-et-Loir), fan de Marvin Gaye et de Stevie Wonder, travaillait pour une entreprise de prêt-à-porter. Elle était mère d'une fillette de 8 ans, selon le journal *L'Écho Républicain*.

Mohamed Amine Ibnolmobarak, Marocain de 28 ans. Architecte encadrant à l'École nationale supérieure d'architecture Paris-Malaquais, ce passionné de natation était « engagé, intellectuel, créatif », selon l'un de ses anciens professeurs interrogé par *Libération*. Il a été tué alors qu'il se trouvait au bar Le Carillon avec sa femme, qu'il avait épousée l'été précédent. Cette dernière a été gravement blessée.

Pierri Innocenti, 40 ans, le « restaurateur des stars » selon *Le Parisien*. Mort sous les balles du Bataclan, il s'y trouvait avec le chef de salle de son restaurant, Stéphane Albertini, également décédé. Il était le propriétaire du restaurant italien Chez Livio, à Neuilly-sur- Seine (Hauts-de-Seine). Vendredi soir, il avait posté sur Facebook, une heure avant le drame, une photo du panneau du concert, avec pour seul commentaire : « Rock ! » « Qu'il ait été happé par cette ignorance est une telle injustice, on est tous tétanisés », a dit à son sujet son cousin par alliance, le comédien Smaïn.

Nathalie Jardin, 31 ans, régisseuse lumières au Bataclan. Originaire de Marcq-en-Barœul (Nord), la jeune femme avait auparavant travaillé pour Marcel et son orchestre et Les Fatals Picards. Sur une page Facebook créée en sa mémoire, on voit une jeune femme blonde en tenue de plongée avec trois étoiles tatouées sur l'avant-bras gauche. « Nath, tu me disais que Foo Fighters et Byffy Clyro c'étaient des groupes qui chantaient comme des pédés, je cherchais des arguments et au final je n'en cherche plus, a écrit sur cette page Lou Sirchis, fille d'un membre du groupe Indochine. Tu m'as prise sous ton aile pendant deux semaines au Bataclan pour les lumières, et c'était génial. »

Marion Jouanneau, 24 ans. « C'était une jeune femme très, très douce », dit d'elle une proche. Son compagnon, un kinésithérapeute qui a réussi à échapper au massacre, a multiplié les avis de recherche pendant le week-end, postant et repostant sur les réseaux sociaux un souriant portrait d'une jeune femme aux cheveux blond cendré. Il a fini par annoncer sur Twitter lundi : « Marion est morte. » Ils habitaient Chartres (Eure-et-Loir).

Milko Jozic, 47 ans, de nationalité belge. Cet ingénieur souriant, père d'une jeune femme de 22 ans, habitait avec sa nouvelle compagne Elif Dogan, également de nationalité belge, elle aussi décédée, dans la rue du Bataclan où ils s'étaient installés il y a quatre mois. « Je me dis simplement que le monde est complètement pourri. C'est surtout pour ma fille que c'est dur, on se sent paumées », a confié son ex-épouse au quotidien belge *La Dernière Heure*.

Elif Dogan (lire ci-dessus).

Jean-Jacques Kirchheim, 44 ans, Parisien originaire de Saint-Maur, salarié de Free.

Hyacinthe Koma, 37 ans. Serveur au restaurant Les Chics Types, dans le 19e arrondissement, il participait à une soirée d'anniversaire au restaurant La Belle Équipe, rue de Charonne. « Il avait beaucoup d'amis », selon sa petite sœur Amy.

Nathalie Lauraine, 39 ans. Cette Franco-Russe, mère de trois enfants, a été tuée au Bataclan. Son mari, présent à ses côtés au concert, a été blessé.

Marie Lausch, 23 ans, originaire de Metz. La jeune femme, diplômée de l'École de commerce de Reims, et qui venait de terminer une mission pour un groupe de cosmétiques, se trouvait dans la salle du Bataclan avec Mathias Dymarski, son compagnon depuis cinq ans. Lui aussi est décédé.

Guillaume Le Dramp, 33 ans, figure du quartier, buvait un verre en terrasse au bar La Belle Équipe quand il a été tué. Originaire de Cherbourg, il avait fait ses études à Caen avant d'aller à Parme (Italie) puis à Paris, où il travaillait dans un restaurant derrière la place des Vosges. Décrit comme « charmeur, chaleureux, un vrai gentil, avec un humour dévastateur» par l'un de ses proches à l'AFP, il était tenté de retourner vivre en Italie et préparait le concours de professeur des écoles.

Gilles Leclerc, 32 ans, est mort au Bataclan, a annoncé sa tante lundi en début de soirée, après trois jours d'incertitude. Le jeune homme était fleuriste dans la boutique de sa mère, à Saint-Leu-la-Forêt (Val-d'Oise), au nord de Paris. Quelques minutes avant le concert, le jeune barbu, fan de rock, de tatouages et des États-Unis, avait publié un selfie sur les réseaux sociaux: il y apparaissait, avec sa compagne, Marianne, une bière à la main, devant la scène, depuis la fosse qui commençait à se remplir. Lorsque les premiers tirs ont fusé, il a projeté son amie par terre qui, en rampant, est parvenue à s'enfuir.

Renaud Le Guen, 29 ans, a été tué au Bataclan où il se trouvait avec sa compagne, rescapée. «Renaud était quelqu'un de très cultivé et doux. Tout le monde l'aimait. C'était un mec bien», a témoigné au quotidien *Libération* celle qu'il devait épouser l'année suivante et qu'il avait rencontrée à 17 ans. «Il aimait le jazz, le rock, la photo, être avec sa famille et ses amis», a-t-elle raconté. Il travaillait dans un garage pour poids lourds près de la gare d'Évry-Courcouronnes (Essonne) et habitait à Savigny-sur-Orge, où il avait grandi.

Christophe Lellouche, 33 ans, tué au Bataclan, était créateur de sites internet. Ce supporter de l'OM, guitariste et compositeur du groupe Oliver, était surtout «un fan de musique en général et de concerts en particulier», a indiqué à l'AFP l'un de ses proches. Ses amis ont rendu hommage sur un blog à ce trentenaire «qui ne s'est jamais pris au sérieux»: «J'ignore si tu as souffert, j'ignore si tu as été exécuté parmi les premiers [...] Tu n'avais rien à voir avec eux et ils t'ont tué», écrit l'un d'eux.

Antoine Mary, 34 ans, développeur pour des sites internet. Ce jeune homme originaire de Caen (Calvados) était sorti au Bataclan en compagnie de son ami Germain Ferey, réalisateur, monteur et photographe, lui aussi décédé. « Aujourd'hui nous pleurons l'un des nôtres. Ton esprit libre, ta belle humeur. Antoine, nous ne t'oublierons pas », a tweeté pour annoncer son décès l'agence de publicité Milky, où il avait travaillé avant de se mettre à son compte.

Cédric Mauduit, 41 ans. Directeur de la modernisation du département du Calvados, en Normandie. Il avait deux jeunes enfants. Il a été tué au Bataclan alors qu'il assistait au concert avec des amis, dont une autre victime, David Perchirin. Son frère a lancé un appel sur les réseaux sociaux pour faire venir les Rolling Stones ou David Bowie, des artistes qu'il admirait, à son enterrement.

Charlotte Meaud, 30 ans, est morte avec sa sœur jumelle, Émilie, sur la terrasse du café Le Carillon. Cette chargée de développement de start-up, passionnée de musique et de sport, qui habitait dans le XXe arrondissement de Paris, a grandi à Aixe-sur-Vienne (Haute-Vienne) et fait ses études à Lyon et à Strasbourg.

Émilie Meaud, 30 ans, tuée avec sa sœur jumelle Charlotte sur la terrasse du Carillon, était architecte à Paris. Originaire de Haute-Vienne, elle aimait le rock et les films d'Éric Rohmer.

Isabelle Merlin, 44 ans, ingénieur à Rambouillet.

Lamia Mondeguer a été tuée rue de Charonne alors qu'elle était avec son compagnon, Romain Didier. Elle travaillait pour l'agence artistique Noma Talents.

Fanny Minot, 29 ans, monteuse pour l'émission *Le Supplément* sur Canal + depuis plusieurs années, est morte au Bataclan. « Une fan de rock », selon l'une de ses collègues jointe par l'AFP.

Yannick Minvielle, 39 ans, travaillait dans la publicité et chantait dans un groupe de rock. Il est mort au Bataclan.

Cécile Misse, 32 ans, a été tuée au Bataclan, aux côtés de son compagnon, Luis Felipe Zschoche Valle, un musicien chilien. La jeune femme, installée à Paris depuis 2006, était chargée de production au théâtre Jean-Vilar de Suresnes, dans l'Ouest parisien. Elle avait grandi à Gap (Hautes-Alpes).

Marie Mosser, 24 ans, passionnée de musique, originaire de Nancy. La jeune femme, décrite comme « pétillante » par ses proches, s'était récemment installée à Paris. Cette fan de David Bowie, spécialiste en communication et marketing digital, travaillait pour un site internet people. Elle est décédée au Bataclan.

Justine Moulin, 23 ans, était sur la terrasse du Petit Cambodge lorsque les jihadistes ont fait feu. La jeune femme, blessée à la tête, est décédée le samedi matin à l'hôpital de la Pitié-Salpêtrière. Issue d'une famille du Nord, elle vivait à Paris.

Quentin Mourier, 29 ans, tué au Bataclan, était architecte aux Vergers Urbains. Il est décrit comme quelqu'un « plein de ressources, d'énergie, d'initiatives, d'engagement » sur le site internet de cette association qui milite pour la végétalisation et des villes comestibles. Il habitait dans la capitale, mais était originaire de Rouffach (Haut- Rhin), selon *Les Dernières Nouvelles d'Alsace*. Il avait étudié à l'École nationale supérieure d'architecture de Versailles.

Victor Muñoz, 25 ans, est mort à La Belle Équipe, rue de Charonne. Il était le fils d'un élu du XIe arrondissement.

Christophe Mutez, 40 ans, était au Bataclan lorsqu'il s'est fait abattre. Ce Parisien consultant en logiciels informatiques était originaire du Loiret.

Hélène Muyal-Leiris, 35 ans, tuée au Bataclan. Elle était maquilleuse-coiffeuse à Paris et travaillait dans la mode ou sur des tournages.

Romain Naufle, la trentaine, luthier à Paris dans le XXe arrondissement.

Bertrand Navarret, 37 ans. Selon le journal *La Dépêche du Midi*, il avait grandi à Tarbes, où son père est notaire, et vivait à Capbreton, sur la côte landaise. Il était de passage à Paris, pour quelques jours : il est mort au Bataclan.

Christopher Neuet-Shalter, 39 ans, originaire de Levallois, consultant formateur en marketing digital, vivait à Clichy avec sa compagne et leur fille de 11 ans.

Lola Ouzounian, une jeune Arménienne de 17 ans, est morte au Bataclan. L'adolescente, l'une des plus jeunes victimes de la tuerie, était devenue emblématique des avis de recherche postés sur les réseaux sociaux depuis le vendredi soir, tant la photo de son visage avait été partagée. Sa mort a été annoncée mercredi matin. « Souvenons-nous que l'instruction, l'humanisme, la culture sont les meilleurs outils contre la barbarie », a écrit son père sur les réseaux sociaux.

David Perchirin, une quarantaine d'années. Après avoir été journaliste, il était devenu récemment professeur des écoles et enseignait depuis septembre 2014 en Seine-Saint-Denis. Il est mort au Bataclan aux côtés de son ami Cédric Mauduit, rencontré à Sciences-Po Rennes. « Bons vivants, débordants d'énergie, enthousiastes indéfectibles, le ciment de leur amitié a toujours été leur passion du rock'n'roll », selon l'hommage rendu par l'association des anciens élèves de l'établissement.

Aurélie de Peretti, 33 ans, une infographiste de formation reconvertie dans la restauration, se faisait une joie depuis des semaines d'assister au concert du Bataclan. La jeune femme, décrite comme lumineuse, a été tuée dans la salle de concert.

Manu Perez, 40 ans, directeur artistique chez Polydor. Ce père de famille a posté sur Facebook quelques minutes avant sa mort une vidéo prise dans la fosse du Bataclan, intitulée « Il y a ceux qui y sont et qui ne sont pas ». Sa mémoire a été saluée sur Twitter par plusieurs artistes dont il s'était occupé.

Sven Silva Perugini, un jeune Vénézuélien qui vivait à Palma de Majorque (Espagne), a été abattu au Bataclan, a annoncé le président du Venezuela, Nicolas Maduro. Le jeune homme s'était rendu au concert de rock avec deux amis compatriotes qui ont été épargnés.

Anna Pétard-Lieffrig, 27 ans, graphiste. Elle a été tuée alors qu'elle dînait à la terrasse du Petit Cambodge avec sa sœur Marion, décédée également, a indiqué à l'AFP le maire de Chailles (Loir-et-Cher), Yves Crosnier-Courtin, où leurs parents tiennent une boucherie. « Elle était venue retrouver sa sœur ce week-end-là et elles avaient envoyé un message à leurs parents pour leur dire que la vie était belle, qu'elles étaient contentes de se retrouver. »

Marion Pétard-Lieffrig, 24 ans. Elle a été tuée avec sa sœur Anna (lire ci-dessus). Elle était musicienne et étudiante en première année du master franco-italien de musicologie à l'université Paris-Sorbonne, selon un message du président de l'université, Barthélémy Jobert. Elle était, selon lui, passionnée par les voyages musicaux en Méditerranée. La jeune femme venait de rentrer d'une année d'Erasmus à Barcelone et s'apprêtait à effectuer sa deuxième année de master à Palerme (Italie).

Franck Pitiot, 33 ans, était au Bataclan. Sa compagne, sans nouvelles, avait lancé des avis de recherche sur les réseaux sociaux pendant trois jours, avant que sa mort ne soit annoncée.

Le jeune homme, originaire de Meudon, avait fait ses études d'ingénieur dans le BTP à Nancy. « C'était un mec d'une grande ouverture d'esprit, altruiste. Il aimait voyager avec son sac à dos, cuisiner. Et il le faisait divinement bien », a expliqué l'une de ses proches à l'AFP.

Lacramioara Pop, 29 ans, roumaine, a été tuée au restaurant La Belle Équipe, où elle se trouvait avec son compagnon, Ciprian Calciu.

Caroline Prenat, 24 ans. Cette graphiste lyonnaise était diplômée des Arts appliqués de Lyon et de l'école Condé de Nancy. Elle venait de s'installer à Paris et passait la soirée au Bataclan. « Elle a été une des premières à mourir. Elle était au bar avec une amie qui s'est absentée aux toilettes. Caro lui a souri et elle est tombée sous les premières rafales de kalachnikov, témoigne lundi son père Yves Prenat au quotidien *Le Progrès*. Elle n'a pas eu le temps d'avoir peur. »

François-Xavier Prévost, 29 ans, mort au Bataclan. « L'amour de ma vie, à jamais », écrit sa compagne sur la page Facebook créée pour lui rendre hommage. Ce passionné de tennis, « toujours souriant, toujours la banane », travaillait dans la publicité à Lille.

Sébastien Proisy, 38 ans, était sur la terrasse d'un restaurant rue Bichat lorsqu'il a été tué d'une balle dans le dos. Il accompagnait l'un de ses clients, avec qui il dînait, pour fumer une cigarette sur le trottoir. Diplômé de Sciences-Po Paris, il avait travaillé au Parlement européen à Bruxelles puis dans un cabinet d'avocats, avant de créer deux sociétés, l'une pour aider les entrepreneurs à s'installer en Iran et en Asie centrale, l'autre pour promouvoir l'agriculture française à l'international.

Armelle Pumir-Anticevic, 46 ans, est morte au Bataclan où elle se trouvait avec son mari, Joseph. « Armelle m'a dit : Viens, on court. On n'était pas loin de la porte de sortie. Armelle était derrière moi, on a foncé. Elle est tombée. J'ai cru qu'elle avait trébuché sur un cadavre. Je l'ai ramassée, je la portais. Mais en arrivant près de la porte, un flic m'a tiré par le bras, j'ai dû la lâcher. Putain. Je n'ai jamais revu Armelle », avait-il raconté à *Libération*. Chef de fabrication, mère de famille, cette Parisienne était aussi attachée aux Pyrénées-Orientales où elle possédait une maison.

Richard Rammant, 53 ans, est mort au Bataclan en protégeant sa femme, Marie-Do, qui a survécu. Il s'est couché sur elle et a reçu plusieurs balles mortelles. Ce fan de rock et de motos Harley-Davidson était parisien mais toujours attaché à sa région natale du Lot, où il était bénévole dans un festival de blues. Son club de bikers prône « le respect, la fraternité et la solidarité comme un mode de vie », selon son site internet.

Valentin Ribet, 26 ans, tué au Bataclan. Ce jeune avocat prometteur du barreau de Paris était diplômé de la London School of Economics, et avait suivi des études à la Sorbonne. Spécialisé dans la criminalité en col blanc, Valentin était « un avocat talentueux, très aimé par ses collègues », a fait savoir son cabinet, la firme internationale Hogan Lovells.

Matthieu de Rorthais, 32 ans, est mort dans l'attaque du Bataclan. Son père et sa sœur lui ont rendu hommage sur Facebook, cette dernière saluant la mémoire de son grand frère, « la plus belle étoile du ciel ».

Estelle Rouat, 25 ans, enseignait l'anglais en région parisienne. Originaire de Concarneau, dans le Finistère, la jeune femme, décrite comme « discrète » et dotée « de très grandes qualités » par un proche, est décédée au Bataclan, où elle s'était rendue avec un ami, qui a été blessé à la jambe.

Thibault Rousse-Lacordaire, 36 ans. Tué au Bataclan. Contrôleur financier depuis treize ans à la branche française du fonds de capital-risque américain Colony Capital, après des études d'économie et de gestion, il était également bénévole au Relais Frémicourt, une association parisienne visant à apporter une aide aux personnes démunies. Il voulait faire du volontariat en mettant ses compétences au service d'organisations à but non lucratif.

Raphaël Ruiz, 37 ans, mort au Bataclan. Il était « passionné de musique, de cinéma, de BD et de tant d'autres choses, selon l'association des anciens de Sciences-Po Grenoble. C'était un ami hors pair, un homme attachant et passionnant, et un grand éclat de rire avec les enfants. » Il travaillait depuis 10 ans chez Ubiqus, où il était « unanimement apprécié pour son professionnalisme, son dévouement et son immense gentillesse ».

Madeleine Sadin, 30 ans, est morte au Bataclan. Décrite comme « vivante, aimante et curieuse » par ses proches à l'AFP, cette Parisienne passionnée de danse enseignait le français dans un collège du Val-de-Marne. « C'était la seule prof qu'on appelait par son prénom », a confié au *Parisien* l'une de ses élèves, saluant une prof « adorable ».

Kheireddine Sahbi, 29 ans. Ce violoniste algérien, surnommé « Didine », rentrait chez lui vendredi après une soirée avec des amis lorsqu'il a été tué. Après des études de sciences, il s'était tourné vers la musique et étudiait depuis un an à Paris. « Il habitait un quartier périphérique d'Alger, où la situation était très tendue » et « avait survécu à dix ans de terrorisme », a témoigné à l'AFP un de ses cousins.

Lola Salines, 28 ans, éditrice chez Gründ, est morte au Bataclan. Décrite comme « attentionnée, sensible, rigoureuse, branchée, enthousiaste », elle faisait également du roller derby sous le pseudo de Josie Ozzbourne, dans l'équipe La Boucherie de Paris.

Patricia San Martin, 61 ans, fonctionnaire à la mairie de Sevran (Seine-Saint-Denis). Cette militante de la CGT originaire du Chili, nièce de l'ambassadeur chilien au Mexique, s'était réfugiée en France dans les années 1970 pour fuir la dictature du général Pinochet. Elle est tombée sous les balles des jihadistes au Bataclan avec sa fille, Elsa Delplace.

Hugo Sarrade, 23 ans, débutait son week-end à Paris par ce concert au Bataclan, avant de rejoindre son père en région parisienne. Étudiant en intelligence artificielle à Montpellier, Hugo était persuadé que « l'obscurantisme est notre pire ennemi », selon son père, interrogé par *Le Midi Libre*.

Claire Scesa-Camax, 35 ans, graphiste. Originaire d'Avignon, diplômée de l'École professionnelle supérieure d'arts graphiques de la Ville de Paris (Epsaa), elle était graphiste à Paris depuis 2009. « Le meilleur hommage que nous puissions rendre à notre ancienne étudiante [...] est en images », a tweeté l'école, publiant des illustrations pleines de légèreté et d'espièglerie. La jeune femme, qui a notamment travaillé pour le Crazy Horse, s'était rendue selon *Libération* au Bataclan avec son mari, qui s'en est sorti indemne, et des amis, dont deux ont été blessés.

Maud Serrault, 37 ans. Elle était depuis trois ans en charge du marketing et de la communication de la filiale française de la chaîne hôtelière Best Western. Diplômée du Celsa, cette jeune mariée avait auparavant travaillé chez Renault, Intermarché, puis chez Hammerson. Selon *Libération*, son mari était avec elle au Bataclan et a échappé au massacre.

Valeria Solesin, 28 ans, est morte au Bataclan, où elle était avec son fiancé et deux proches. Cette Italienne originaire de Venise, doctorante en démographie, vivait depuis quatre ans à Paris.

« Elle nous manquera et je pense, au vu de son parcours, qu'elle manquera aussi à l'Italie », a déclaré sa mère aux médias italiens. « Elle était le visage souriant et le cerveau brillant de la jeune communauté italienne à Paris », a témoigné un proche à l'AFP.

Fabian Stech, 51 ans, tué au Bataclan, était critique d'art et aussi enseignant d'allemand dans un lycée privé de Dijon. Né à Berlin, il était installé en France depuis 1994 où il était marié à une avocate dijonnaise et père de deux enfants.

Madeleine S., 30 ans, qui vivait à Paris, est morte au Bataclan. Décrite comme « vivante, aimante et curieuse » par ses proches à l'AFP, elle était enseignante de lettres dans un collège de l'Essonne.

Ariane Theiller, 23 ans, est morte au Bataclan, où elle se trouvait avec des amis. Originaire du Nord, cette passionnée de bandes dessinées s'était installée à Paris après des études de lettres à Orléans et à Strasbourg. Décrite comme « rayonnante » par l'un de ses anciens professeurs, elle travaillait comme éditrice chez Rustica. « Nous sommes tous bouleversés, anéantis. On pense à ses parents. Elle avait seulement 23 ans », a indiqué Louise Rossignol, responsable de la communication chez Urban Comics, où elle avait été assistante d'édition.

Éric Thomé, 39 ans, photographe et graphiste parisien, passionné de musique, est mort au Bataclan.

Olivier Vernadal, 44 ans, fan de rock et habitué du Bataclan. Cet habitant du XIe arrondissement de Paris, originaire de Ceyrat (Puy-de-Dôme), travaillait comme agent des impôts à Paris. Il est tombé sous les balles dans la salle de concert.

Stella Verry, 37 ans, dînait au Petit Cambodge, lorsque les balles ont fusé. Médecin généraliste, elle avait récemment ouvert un cabinet dans le XIXe arrondissement de Paris, tout en étant médecin régulateur du Samu.

Luis Felipe Zschoche Valle, 33 ans, chilien, habitait depuis huit ans à Paris où il travaillait comme musicien. Fan de rock, membre du groupe de rock Captain Americano, il se trouvait vendredi soir au Bataclan avec son épouse française, Cécile Misse, décédée à ses côtés lors de l'attaque.

Une Suédoise d'une vingtaine d'années est tombée au Bataclan. Elle était originaire du centre du pays, selon les autorités de Stockholm, qui ne souhaitent pas donner de renseignement supplémentaire.

La famille d'une des victimes du Bataclan (âgée d'une trentaine d'années) a demandé que son nom ne soit pas diffusé.

Le 13 juin 2016

2 morts à Magnanville

Un policier de Magnanville (Yvelines) et sa compagne, employée au commissariat de Mantes-la-Jolie, sont assassinés chez eux. L'homme est poignardé devant son domicile, sa compagne égorgée à l'intérieur du pavillon par un djihadiste de 25 ans.

Jean-Baptiste Salvaing, 42 ans, était policier, commandant de police au commissariat des Mureaux.

Sa compagne, Jessica Schneider, 36 ans, policière, agente administrative au commissariat de Mantes-la-Jolie.

Le fils du couple a survécu.

Le 14 juillet 2016

84 morts à Nice sur la promenade des Anglais

L'attentat du 14 juillet 2016, perpétré par Mohamed Lahouaiej-Bouhlel, est commis avec un poids lourd parcourant deux kilomètres sur la promenade des Anglais à travers une foule de personnes, à l'issue du feu d'artifice donné pour la Fête nationale. Le conducteur est abattu par les policiers. L'État islamique revendique l'attaque le 16 juillet. Le bilan est de 84 morts, dont une dizaine d'enfants, et 434 blessés.

Selma A., 18 ans, était une lycéenne allemande. Elle était la meilleure amie de Silan Aydin, également décédée.

Maria Grazia Ascoli, 79 ans. Cette Italienne était en vacances sur la côte avec son compagnon, Mario Casati, qui possédait un appartement secondaire sur place. Il est également décédé ce soir-là, ainsi qu'un couple d'amis, selon la presse italienne.

Silan Aydin, 19 ans. Cette lycéenne allemande, également de nationalité turque, était en voyage de classe dans le Sud-Est de la France. Silan faisait partie d'une famille de huit enfants. « Silan voulait absolument passer son bac et changer le monde », a déclaré son grand frère, Harun, 33 ans, au journal *Bild am Sonntag*. « Elle voulait devenir médecin ou scientifique. Elle était studieuse, elle lisait beaucoup, surtout des livres japonais », a-t-il ajouté.

Laura B., 13 ans. « Elle ne mérite pas d'être partie si tôt. Je pense aux victimes, aux autres. Il y avait des bébés, a dit Jacques, le père de Laura à BFM TV. On était sur la Promenade. On était en train de regarder ce feu d'artifice, il y avait des milliers de personnes. On était tous heureux d'aller voir ce feu d'artifice, a-t-il raconté. J'ai perdu ma fille jumelle. Elle avait 13 ans et demi. »

Mykhaylo Bazalevskyy, 22 ans. Selon l'AFP, cet étudiant ukrainien, surnommé « Misha », était inscrit en commerce à l'université canadienne MacEwan, à Edmonton. Il était à Nice pour un programme d'échanges estival de trois semaines mené par la European Innovation Academy.

Myriam Bellazouz, 29 ans. Cette avocate au barreau de Nice était allée voir le feu d'artifice avec sa mère, Léa Mignacabal, également décédée. Le lundi 18 juillet, plusieurs dizaines d'avocats, en robe, se sont rassemblés devant le palais de la Méditerranée pour lui rendre hommage. « Je voudrais rappeler son talent, sa passion, son sourire et sa pugnacité à la barre. Nous voulions vous montrer à quel point Myriam était appréciée de tous », a indiqué Jacques Randon, le bâtonnier de Nice, cité par *Nice-Matin*.

Mathias Billiez. Professeur de mathématiques au collège et lycée Don Bosco de Nice, il était venu assister au feu d'artifice avec sa compagne, Odile Caléo, et sa belle-mère, Jocelyne Caléo, également décédées. « Tous, élèves, parents et membres de la communauté éducative sommes profondément touchés par la disparition d'un enseignant très investi et très apprécié. Nous les confions à vos prières », a écrit l'établissement sur son site Internet.

Alina Bogdanova, 27 ans. Elle vivait à Perpignan et y étudiait à l'université en master. « L'équipe de l'IAE garde d'elle le souvenir éternel d'une jeune femme gentille, intelligente, brillante et qui aimait la vie », a indiqué l'université.

Remedios Borja, 25 ans. Selon *Paris Match*, cette Niçoise se promenait en famille lors du drame, avec sa mère, ses deux plus jeunes filles et son mari. Et son fils, Joseph, âgé de 7 ans, qui est décédé avec elle.

Adib Bousfiha, 51 ans. Cet homme handicapé moteur habitait Beaucroissant, en Isère. Il travaillait comme comptable dans une institution accueillant des travailleurs handicapés et était en vacances à Nice avec son épouse, Céline, également décédée, et leurs deux enfants.

Céline Bousfiha, 46 ans, était la femme d'Adib Bousfiha.

Les enfants du couple, Laurie, 17 ans, et Mathieu, 21 ans, ont survécu à l'attentat.

Aldjia Bouzaouit, 42 ans. Cette mère de quatre enfants, née à Sétif, en Algérie, était venue assister au feu d'artifice avec ses proches. « Elle voulait prendre une glace sur la Promenade », a dit à *Nice-Matin* sa sœur Celoua, 28 ans. « Face au camion, on s'est tous éparpillés », a-t-elle ajouté. Toujours selon *Nice-Matin*, un de ses neveux a été grièvement blessé.

Yanis C., 4 ans. C'est le père de Yanis, Mickael, qui a confié au *Parisien* que son fils, était mort à Nice le soir du 14-Juillet. « Mon fils était un peu plus loin avec ses copains... J'ai juste eu le réflexe d'attraper ma femme, de l'éjecter et de me coucher. Le camion est passé à dix centimètres de moi, poursuit Mickael. Quand je me suis relevé, il y avait toute cette foule, et moi, je priais le bon Dieu pour que Yanis soit sain et sauf, explique le père. Quand je l'ai vu par terre, j'ai tout de suite compris... Il ressemblait à Aylan, le petit réfugié retrouvé noyé sur une plage en Turquie. »

Jocelyne Caléo. Elle était venue admirer le feu d'artifice avec sa fille, Odile Caléo, et le compagnon de celle-ci, Mathias Billiez.

Odile Caléo. Cette enseignante était sur la Promenade avec sa mère, Jocelyne Caléo, et son compagnon, Mathias Billiez, également enseignant.

Stéphanie Cesari, 43 ans. Cette Niçoise travaillait dans un casino de Cannes.

Hervé Chadeau, 44 ans. Il était caporal-chef dans un régiment d'artillerie de marine du Var.

Fatima Charrihi, 62 ans. Cette Marocaine, mère au foyer de huit enfants, était arrivée à Nice à 20 ans pour rejoindre son mari maçon et avait été femme de ménage. Portant le voile, elle était décrite par son fils Hamza comme « très pieuse et pratiquante. Elle pratiquait un islam du juste milieu. Un vrai islam [...], pas celui des terroristes», a-t-il dit à *L'Express*.

Magdalena Chrzanowska, 21 ans. Cette coiffeuse polonaise était en vacances avec ses trois sœurs, dont l'une, Marzena Chrzanowska, est également décédée. Ces deux sœurs «étaient formidables, très appréciées, a dit à l'AFP le père Jan Antol, curé de leur paroisse à Krzyszkowice, un village du sud de la Pologne. Elles aidaient leur père depuis qu'il était veuf. Leur mère est morte il y a quatre ans.»

Marzena Chrzanowska, 20 ans. La sœur de Magdalena Chrzanowska était étudiante.

Cristian Coman, 34 ans. Ce Roumain habitant en Autriche était venu à Nice pour les vacances avec sa femme et leur fils de 7 ans. L'ambassade de Roumanie à Paris a indiqué que son fils avait été gravement blessé, mais que ses jours n'étaient pas en danger.

Brodie Copeland, 11 ans. Il était avec son père, à Nice, lorsqu'ils ont été tués. Son club de base-ball a partagé un message sur Facebook: «Cet après-midi, notre cher Brodie Copeland et son père Sean Copeland ont été tués lors de l'attentat à Nice. Ils m'ont envoyé cette photo plus tôt dans la journée depuis la Côte d'Azur... Personne ne mérite un tel sort, surtout pas une famille aussi merveilleuse. Vous êtes dans nos cœurs, dans nos pensées et dans nos prières. Reposez en paix, Brodie et Sean, beaucoup se souviendront de vous.»

Sean Copeland, 52 ans. Originaire d'Austin, au Texas, cet Américain était en vacances avec sa famille sur la Côte d'Azur. Selon un membre de sa famille qui a parlé à BuzzFeed News, il a été tué lors de l'attentat avec son fils.

Elizabeth Cristina de Assis Ribeiro, 31 ans. Cette coiffeuse brésilienne s'était installée à Yverdon-les-Bains, en Suisse, en 1998. Sa fille de 6 ans, Kayla, est décédée avec elle. Son compagnon et leurs deux autres filles, de 4 ans et 8 mois, étaient également sur la Promenade.

Angelo D'Agostino, 71 ans. Cet Italien travaillait dans l'industrie, mais était en vacances à Nice où il fêtait son départ à la retraite. Lors du feu d'artifice, il était avec sa compagne, Gianna Muset, avec qui il possédait un appartement dans la ville, et un couple d'amis, Mario Casati et Maria Grazia Ascoli. Tous les trois sont également décédés.

Lionel Deforge, 70 ans. Il est mort avec sa compagne, Sylviane Noailland-Rault-Roux.

Natalia Ekmaliyan. Kazakhe d'origine russe, elle était âgée d'une cinquantaine d'années et vivait en Belgique avec son mari, Roman, également tué dans l'attentat de Nice selon *Nice-Matin*. Elle était venue rendre visite à l'une de ses filles.

Roman Ekmaliyan, 56 ans, était un homme d'affaires géorgien d'origine arménienne. Comme l'indique *Nice-Matin*, il était accompagné de son épouse, Natalia, également décédée dans la tuerie.

Elouan, 12 ans. Originaire de Passy, en Haute-Savoie, Elouan avait fait son entrée au collège l'an dernier. Sa mère, Françoise, est également décédée selon *Le Dauphiné Libéré*.

Christiane Fabry, 67 ans. Cette habitante de Puget-sur-Argens, à 70 kilomètres de Nice, était en famille ce soir-là. Selon *Var-Matin*, son compagnon, Hugues Mismaque, est décédé, ainsi que son petit-fils, André. Sa fille, Caroline Villani, a survécu au drame, mais pas le frère de celle-ci, Bruno Villani.

Nariné Gasparyan, 34 ans. Maman d'un fils âgé de 2 ans, elle avait rejoint son époux à Nice, après l'avoir rencontré trois ans auparavant en Arménie, selon *Nice-Matin*.

Carla Gaveglio, 48 ans. Originaire de Pasco en Italie, elle était présente sur la Promenade des Anglais avec son époux et sa fille. Elle avait également un fils, resté en Italie. Selon *Nice-Matin* qui cite la presse italienne, elle était bénévole à la Croix-Rouge.

Ludivine Gomes, 25 ans. Elle était venue assister au feu d'artifice avec ses cousins et ses parents. Son petit frère de 15 ans, Ludovic, est également décédé à Nice.

Emmanuel Grout, 48 ans. Ce commissaire de police était numéro 2 de la police aux frontières (PAF) des Alpes-Maritimes. Il était notamment en charge de la gestion policière de l'aéroport de Nice Côte d'Azur. Selon l'AFP, il n'était pas en service lors du drame.

Mehdi H., 12 ans. Il était le fils d'un arbitre de football niçois qui a également perdu sa belle-sœur dans l'attentat. La sœur jumelle de Mehdi, elle, a survécu.

Françoise Hattermann, 55 ans. Elle était enseignante à l'Institut médico-éducatif à Passy, en Haute-Savoie. Son fils, Elouan, 12 ans, est lui aussi décédé, selon *Le Dauphiné Libéré*. Elle était mère de six enfants.

Joseph, 7 ans. Ce petit garçon est décédé avec sa mère, Remedios Borja.

Romain K.

Kayla, 6 ans. Cette petite fille est morte avec sa mère, Elisabeth Cristina de Assis Ribeiro.

Olfa Bent Souayah Khalfallah, 31 ans. La mort de cette jeune femme a été annoncée par le ministère tunisien des Affaires étrangères dans un communiqué posté sur Facebook. Son fils de 4 ans, Killian, est aussi décédé.

Rickard Kruusberg, 21 ans. Cet étudiant originaire de Tallinn (Estonie) était venu à Nice dans le cadre d'un programme d'échanges.

Bilal Labaoui, 25 ans. Ce Tunisien était originaire de Kasserine, une ville située au centre-ouest de la Tunisie, et résidait en France. Le ministère des Affaires étrangères tunisien a posté un communiqué sur Facebook pour annoncer son décès.

Léana, 2 ans. Petite-fille de Laurence-Nora Sahraoui, elle est décédée avec son frère, Yanis, 8 ans, et sa grand-mère, selon *Le Parisien*.

Nicolas Leslie, 20 ans. Cet Américain étudiait à Nice dans le cadre du programme d'échanges à l'étranger de l'université de Berkeley en Californie. « C'est une nouvelle tragique, accablante, a déclaré le président de Berkeley, Nicholas Dirks. Nous tous, membres de la famille Berkeley, à la fois ici sur le campus et dans le monde, avons le cœur brisé en apprenant qu'un autre étudiant prometteur a été la victime d'une violence absurde. »

Germain Lion, 68 ans. Comme sa femme, Gisèle, Germain était retraité. Il avait fait sa carrière à la Direction de l'équipement et au service des routes, selon *La Dépêche du Midi*. Sa femme, Gisèle, est morte à ses côtés, tout comme sa belle-fille, Véronique, ainsi que son petit-enfant. Son fils, Christophe, a survécu.

Gisèle Lion, 63 ans. Originaire de Bram dans l'Aude, elle était retraitée. Selon *La Dépêche du Midi*, elle travaillait avant sa retraite à la communauté de communes de Bram. « Gisèle Germaine a voué son temps à s'occuper des autres », a confié Claudie Méjean, maire de Bram, au journal. Elle a été fauchée au côté de son époux, Germain Lion.

Véronique Lion, 55 ans, était assistante maternelle, rapporte *Sud-Ouest*. Cette originaire de Herserange, en Meurthe-et-Moselle, se trouvait à Nice avec son fils, Michaël Pellegrini, et ses parents, Christiane et François Locatelli. Ils sont tous les quatre décédés lors de l'attentat, rapporte *Le Républicain Lorrain*. Elle est la belle-fille de Gisèle et Germain Lion, également tués. Son époux, Christophe, a survécu, mais pas son enfant.

Christiane Locatelli, 78 ans. Cette retraitée originaire de Herserange, en Meurthe-et-Moselle, était en vacances à Nice avec son mari, François, leur fille et leur petit-fils, Véronique Lion et Michaël Pellegrini.

François Locatelli, 82 ans. Le mari de Christiane Locatelli, retraité, avait travaillé comme artisan-chauffagiste dans l'agglomération de Longwy, explique *Le Républicain Lorrain*.

Ludovic, 15 ans. Il est décédé dans l'attaque au camion alors qu'il était venu assister au feu d'artifice avec des cousins et ses parents. Sa grande sœur, Ludivine, âgée de 25 ans, est elle aussi décédée.

Raymonde Maman, 77 ans. Elle était présente sur la Promenade des Anglais avec sa sœur, Clara. Née à Oran, elle avait quitté l'Algérie après l'indépendance en 1962 avec son mari, pour débarquer à Nice, « où ils étaient repartis de zéro », a raconté à l'AFP sa nièce, Karinne Bens Corsia.

Robert Marchand, 60 ans. Il était le président et l'entraîneur du club d'athlétisme de Marcigny, en Saône-et-Loire, et travaillait aussi pour une entreprise locale. Il était marié et avait une fille. Louis Poncet, le maire de Marcigny, cité par *Le Journal de Saône-et-Loire*, a décrit Robert Marchand comme « un homme très dévoué, un passionné qui avait fait progresser le club d'athlétisme jusqu'au plus haut niveau ».

Fatima Marzouk, 43 ans.

Thérèse Michel, 72 ans. Originaire du Nord de la France, elle se disait « niçoise d'adoption », comme l'explique *La Voix du Nord*. Elle « avait quitté le Dunkerquois il y a une dizaine d'années, pour vivre sur la Côte d'Azur avec son mari, décédé un an plus tôt, et sa fille unique », ajoute le site.

Léa Mignacabal, 68 ans. Cette Niçoise, surnommée « Dany » par ses proches, était la mère de l'avocate niçoise Myriam Bellazouz, également tuée lors de l'attentat.

Hugues Mismaque, 49 ans.

Tatiana Muhamedova, 61 ans.

Camille Murris, 26 ans.

Gianna Muset, 68 ans. Cette originaire de Voghera, dans le Nord-Ouest de l'Italie, était à Nice avec son compagnon, Angelo D'Agostino, qui partait à la retraite. Tous les deux avaient en effet un appartement à Nissa la bella. Leur couple d'amis, Mario Casati et Maria Grazia Ascoli, est également décédé.

Sylviane Noailland-Rault-Roux, 79 ans. Elle est morte avec son compagnon, Lionel Deforge.

Lyubov Panchenko, 59 ans.

Marina Panchenko, 33 ans.

Michaël Pellegrini, 28 ans. Le fils de Véronique Lion, et petit-fils de Christiane et François Locatelli, était venu voir sa mère dans le Sud. Il enseignait les sciences économiques et sociales au lycée des Récollets, à Longwy. « Il y a quelques jours, lors du pot de fin d'année de l'établissement, Michaël nous a dit qu'il allait passer quelques jours chez sa maman dans la région de Nice, a expliqué le chef de l'établissement sur le site du *Républicain Lorrain*. Il se faisait une joie d'aller voir le feu d'artifice du 14-Juillet… »

André R., 17 ans.

Zahia Rahmouni, 72 ans.

Laurence Rasteu, 46 ans.

Mino Razafitrimo, 31 ans.

Laurence-Nora Sahraoui. À 49 ans, elle était déjà grand-mère. Cette Française mariée à un Algérien a été tuée avec ses deux petits-enfants, Yanis, 7 ans, et Léana, 2 ans, selon *Le Parisien*.

Victoria Savchenko, 20 ans. La mort de cette étudiante russe a été confirmée par le maire de Moscou sur Twitter.

Saskia Schnabel, 29 ans. Cette enseignante venue d'Allemagne accompagnait un groupe de lycéens de Berlin dans le cadre d'un voyage de classe dans le Sud-Est de la France. Elle avait étudié la littérature allemande, l'histoire et les sciences politiques à Bayreuth et Bamberg, en Bavière, avant d'enseigner l'allemand à Berlin.

Silvia, 2 ans.

Mohamed Toukabri, 58 ans. Ce Tunisien originaire de Béja, dans le Nord du pays, était mécanicien à Nice. Sa mort a été annoncée par le ministère tunisien des Affaires étrangères.

Amie V., 12 ans.

Bruno Villani, 42 ans.

Jacqueline Wurtlin, 64 ans. Originaire de Limoges, elle avait quitté la cité limougeaude pour s'installer dans un premier temps à Nice, puis à Toulon. Cette mère de trois enfants avait travaillé dans la restauration puis dans un magasin de développement de photographies.

Yanis, 7 ans.

Patricia Zanon.

Le 26 juillet 2016

1 mort dans l'église de Saint-Étienne-du-Rouvray

L'attentat de l'église de Saint-Étienne-du-Rouvray a été perpétré par deux individus armés de couteaux prenant en otage 1 prêtre, 2 religieuses et 2 paroissiens dans une église.

Les preneurs d'otage égorgent le prêtre et tentent de tuer un paroissien qui est grièvement blessé.

Le prêtre s'appelait Jacques Hamel, 85 ans. Un dossier de béatification a été remis au Vatican.

Le 20 avril 2017

1 mort sur l'avenue des Champs-Élysées

À 20h50, un homme attaque un car de police sur l'avenue des Champs-Élysées. Un policier est tué et deux autres sont blessés, dont un grièvement.

Le policier tué s'appelait Xavier Jugelé, 37 ans. Il avait fait toute sa carrière à Paris. Il était membre du Flag !, association des policiers et gendarmes LGBT+. Un hommage national lui a été rendu.

Le 1er octobre 2017

2 morts à la gare Saint-Charles de Marseille

Un homme égorge et tue 2 femmes avec un couteau sur le parvis de la gare Saint-Charles.

Mauranne Harrel, 20 ans, étudiante en 3e année de médecine à Marseille.

Laura Paumier, 21 ans, étudiante en 2e année d'infirmière à Lyon.

Elles étaient cousines.

Le 12 mai 2018

1 mort rue Monsigny à Paris

Un Français né en Tchétchénie attaque au couteau des passants dans la rue Monsigny, à Paris dans le IIe, en criant «*Allah Akbar*». Il fait 1 mort et 4 blessés avant d'être abattu par la police.

Le passant tué, originaire du Mans, avait 29 ans, il s'appelait Ronan. Il habitait dans le quartier des Gobelins et était célibataire.

Le 23 mars 2018

4 morts à Carcassonne et Thèbes

Un Français d'origine marocaine vole une voiture à Carcassonne en tuant le passager et blessant grièvement le conducteur par balles. Il pénètre ensuite dans le Super U de la ville de Trèbes en criant «*Allah Akbar*», et tue le boucher et un client. Le lieutenant-colonel de gendarmerie, Arnaud Beltrame, qui s'offre comme otage à la place d'une femme, est mortellement blessé à la gorge, peu avant l'assaut.

Le passager de la voiture s'appelait Renato Silva, 25 ans, portugais.

Un boucher, employé du magasin, 50 ans.

Un client du supermarché, 65 ans.

Le lieutenant-colonel Arnaud Beltrame, qui s'offre comme otage et qui tombera sous les balles du terroriste. Il avait 44 ans et devait épouser sa compagne au mois de juin suivant.

Le 3 octobre 2019

4 morts dans la préfecture de police de Paris

Quatre fonctionnaires de police sont tués dans une agression au couteau de cuisine en céramique à la préfecture de police de Paris par un individu qui y travaillait.

Damien Ernest, 50 ans, major responsable d'une unité au sein de la DRPP, 28 ans de service. Marié et père de deux enfants.

Antony Lancelot, 39 ans, gardien de la paix, 11 ans de service. Marié et père de deux enfants.

Brice Le Mescam, 38 ans, adjoint administratif principal à la Direction du renseignement, 6 ans de service. Célibataire sans enfant.

Aurélia Tifiro, 39 ans, gardienne de la paix à la Direction de la sécurité de proximité parisienne, 17 ans d'ancienneté, mère de deux enfants.

Ils ont été faits, tous les quatre, chevaliers de la Légion d'honneur au cours d'un hommage national par le président de la République.

Le 3 janvier 2020

1 mort dans le parc départemental des Hautes-Bruyères

À Villejuif, un homme attaque des passants dans le parc départemental des Hautes-Bruyères en criant «*Allah Akbar*», faisant 1 mort et 2 blessés.

La personne tuée s'appelait Janusz Michalski, 56 ans. Il a reçu un coup de couteau au cœur en voulant protéger sa femme qui a été blessée.

Le 4 avril 2020

2 morts à Romans-sur-Isère

Un homme attaque au couteau plusieurs passants à Romans-sur-Isère (Drôme), dans le centre-ville, et fait 2 morts et 7 blessés.

Les personnes tuées étaient:

Thierry Nivon, client dans une boucherie du cours Pierre-Didier.

Julien Vinson, qui ouvrait les volets de son habitation, sous les yeux de son fils.

Le 16 octobre 2020

1 mort devant un collège à Conflans-Sainte-Honorine

Une attaque terroriste islamiste est commise à proximité d'un collège à Conflans-Sainte-Honorine où Samuel Paty, fonctionnaire de l'Éducation nationale, professeur d'histoire et de géographie, est décapité à l'arme blanche par un jeune Russe d'origine tchétchène pour avoir enseigné à ses élèves la liberté d'expression en montrant des caricatures de Mahomet.

Le professeur tué Samuel Paty, 47 ans, était en poste depuis trois ans dans ce collège. Marié, père de cinq enfants. Très apprécié de ses collègues et de ses élèves.

Un hommage national lui a été rendu à la Sorbonne.

Le 29 octobre 2020

3 morts dans la basilique Notre-Dame de l'Assomption de Nice

Un homme a attaqué plusieurs personnes au couteau dans la basilique Notre-Dame de l'Assomption de Nice, causant 3 morts. Le terroriste a été blessé par la police municipale et transporté à l'hôpital Pasteur.

Les personnes tuées étaient :

Nadine de Villiers, 60 ans, une fidèle de la basilique.

Vincent Loquès, 54 ans, sacristain de la basilique, marié et père de deux enfants.

Simone Barreto Silva, 44 ans, franco-brésilienne, auxiliaire de vie et fidèle de la basilique. Mariée et mère de trois enfants.

Le 23 avril 2021

1 mort au commissariat de Rambouillet

Un homme agresse une policière sur son lieu de travail, le commissariat de Rambouillet, et la tue en lui plantant un couteau dans la gorge. La victime s'appelait Stéphanie Monfermé. Elle vivait avec son mari, boulanger à Saint-Léger-en-Yvelines. Le couple avait deux enfants. Elle présidait le club de danse country local.

A été faite chevalier de la Légion d'honneur à titre posthume, lors de l'hommage national rendu à Rambouillet.

L'ensemble des attentats terroristes en France depuis 2012 a fait 264 victimes, sans compter les nombreux blessés.

Remerciements

à Jacqueline Bensamoud, Séverine Dal Molin, Michèle Garçon, Ouriel Gottlieb, Alice Harlay, Caroline L., Laurent Mezrahi, Michaël Lehiani, Daniel Danimo, Louisa Oukil, Victoire Pothier, Oriane Richon, Hervé Rofé, Lucie Roux, Félix Ruiz, Alberto Saleh, Juliette Sylla, Capucine Thomas, Margo Villies et à nos quatre intervenants :

Boris Cyrulnik, Mariacha Drai, Raphaël Enthoven et le Rabbin Merovah Zerbib.

Table des matières

Imprimé en France par
CPI Bussière
en décembre 2022
N° d'impression : 2068375